Sol de medianoche

Literatura Mondadori, 98

Sol de medianoche

EDGARDO RODRÍGUEZ JULIÁ

MONDADORI

grijalbo mondadori

Barcelona, 1999

© Edgardo Rodríguez Juliá, 1999
© 1999 de la presente edición para todo el mundo:
   MONDADORI (Grijalbo Mondadori, S.A.)
   Aragó, 385. 08013 Barcelona
Diseño de la cubierta: Luz de la Mora
Ilustración de la cubierta: © Michael Martin. Zardoya, Agencia Fotográfica
   Internacional
Primera edición
ISBN: 84-397-0344-9
Depósito legal: M. 5.633-1999
Impreso y encuadernado en Artes Gráficas Huertas, S.A.
Fuenlabrada (Madrid)

They shoot horses, don't they?

CAPÍTULO I

La primera parte de mi vida fue dañada por el resentimiento. Ésa fue la parte buena. La pendencia de mi juventud fue por qué me faltó esto y por qué apenas alcancé aquello. Ahora que estoy en el pantano de la madurez me confieso sometido por la amargura, humillado terca y consecuentemente por una rabia impostergable. Ésta es la peor parte, porque sin duda es el resultado del fracaso, de esas decisiones que ahora veo no tan lejanas del destino, pero donde, por algún tiempo, viví la ilusión de la libertad. Entonces la rumba era: fue que nací un lunes del año 1941 a las nueve de la mañana; un vago mal humor flotaba en el aire cuando recibí la primera nalgada. Nací después de Frank. Ahora el mambo es: ¡por qué y cómo la cagaste?

He regresado a vivir a esta playa para curarme de esa catástrofe descrita en el primer párrafo. Mi apartamento es tan pequeño que a veces me siento como una carta olvidada en un apartado. Pero no importa. Necesito poco espacio; este cubujón donde vivo es una adecuada metáfora de mi conciencia, la moral y la otra. A la playa vienen a vivir las almas que convalecen, esos solitarios que huyen de la vista ajena, porque están dolidos, porque, coño, son incapaces del suicidio. Somos como los gatos; nos escondemos por el fracaso de estar heridos, o cercanos a morir. La playa, con su rumor estúpido, serena los nervios, supongo que el yodo en el bajo aire seca las heridas. Somos gente que a medianoche siempre está despierta.

Anoche, por ejemplo, me desperté a las tres de la madrugada. Vomité sin tregua hasta las seis. Me duelen todos los músculos estomacales. Soy un alcohólico aficionado. Ni siquiera soy un borracho de talento. Nunca se me dio bien la bebida, aunque por algunos años todas mis borracheras fueron secas, límpidas, como un majestuoso y lento asalto de lucidez en que las entrañas apenas intervenían. Ya no. Ahora el alcohol cumple una función más modesta. El alcohol me restaura la integridad, o, al menos, la ilusión de ésta; es una droga que nos reconcilia con el presente, justo como la marihuana fue en mi tardía juventud la droga de la memoria, la que me restauraba aquel pasado tan lejano y tan corto, la infancia. De todos modos, el alcohol ya no me sienta bien, no señor. Ahora es otra cosa.

Fui hermano gemelo. Digo fui porque mi hermano Frank murió. Mejor dicho, me lo mataron en esta playa. Se llamaba Francisco Javier, pero le decían Frank. En el año 1956 llegaron a llamarlo Elvis; teníamos quince años. A mí siempre me llamaron Manolo, apenas una variante, algo condescendiente, pero no del todo, de mi nombre. Frank siempre fue muy popular. Popular entre varones y hembras. Tenía ese carisma especial que no reside únicamente en la belleza. Digo esto porque nos parecíamos hasta la tristeza. Éramos gemelos idénticos. Pero ahí acababa el parecido.

Estudiamos en la misma escuela. Éramos internos en el colegio San Pablo, de Ponce, memorablemente situado en lo alto de El Vigía. Aunque siempre fuimos de clase media pelona, nuestros padres nunca dejaron de ansiar cierta dudosa promoción a la clase superior. Nos enviaron a este colegio de varones como parte de su figurado e iluso ascenso social. El otro símbolo de sus aspiraciones era un Cadillac viejo y usado que tenía más abolladuras que cromio.

Mi padre no tenía más talento que el suficiente para administrar mal una gasolinera. Mi madre había pertenecido a la clase media alta de origen rural. Era una mujer neurasténica con la ternura de un alacrán. Una niña malcriada revientapelotas. Mi padre, dipsómano y embelequero, con poca disposición para la aritmética, jamás tuvo mucho oficio ni beneficio. Sí tuvo mucha maña. Y calle: sus pasiones eran la bebida, el béisbol y las mujeres, en ese orden. Cuando decía que iba para un juego de los Leones —me sospecho que muchas veces simplemente lo escuchaba por la radio— invariablemente llegaba borracho y «apestoso a la otra», según mi madre insomne y ya con mal aliento. Por primera vez intuí los grandes remedios del alcohol. Frank y yo agradecíamos estar internos en aquel maldito colegio, aunque viviéramos en Ponce, en la calle Wilson. Era un modo de escapar la opresiva sombra de aquel matrimonio infeliz y obediente.

El colegio San Pablo estaba al final, en lo alto de aquella cuesta. La subida remataba en la llamada *marquesina*, sitio donde los estudiantes solíamos reunirnos por las mañanas, al mediodía, hacia el crepúsculo y por la noche. La «cuesta del colegio», como la llamábamos, estaba engalanada con los altísimos penachos de ancestrales palmas reales. Los bancos de la marquesina —fabricados en cemento y recubiertos de terrazo— habían sido donados por las familias más distinguidas del colegio, los que sí pertenecían, de verdad, a la «gente de apellidos», como decía mi madre. El edificio principal del colegio era de tres plantas; los dormitorios estaban en la última. En el centro quedaba el patio interior, «la cancha», aquel misterioso reino de Frank. El patio era vigilado por una estatua monumental del san Pablo guerrero y estudioso; estaba adosada a la fachada norte del edificio principal. A Frank le tocaría la espada de san Pablo; a mí el libro; al menos, por un tiempo.

Aquél era un típico espacio de la vieja colonia. Los hermanos paulinos —una orden educativa francesa fundada, en los rigores de la Revolución Francesa, por un cura que tuvo la maña de esconderse en un tonel para evitar la guillotina— campeaban por aquellos pasillos y galerías con la complacencia y condescendiente superioridad de los misioneros. A fuerza de una pederastia a veces manifiesta, un sadismo consecuente y el alcohol remediativo –encontrar un hombre bueno entre aquellos hermanos en Cristo era más difícil que concebir la cojera y el pelo rufo en tan gran embaucador como lo fue san Pablo– educaban a la clase dirigente y blanquitona de la colonia. Eran católicos antiguos y norteamericanos de segunda generación. Eran más papistas que el Papa y un poco más gringos que nosotros. Invariablemente tenían apellidos alemanes o polacos. Aquél fue nuestro necesario aunque detestado segundo hogar. A Frank le tocó la popularidad; a mí me tocó la rabia.

Allí estudiamos la escuela primaria. Éramos el asombro de todos y la lujuria de muchos. Casi todos los días peleábamos con los «seniors». Esto fue así hasta llegada la adolescencia. A Frank no le salieron barros. A mí sí. Nuestra piel aceitunada, al parecer bruñida por la tibieza del trópico, los rasgos firmes y cincelados, la cabeza de quijada prominente aunque nunca arrogante, el cabello negro, rizo y abundante, que amenazaba con cubrirnos la frente, eran los orgullos de nuestra mal habida genética. Eso fue así hasta la adolescencia. Hasta que el acné se empecinó con mi rostro. Quizás ustedes piensen que exagero, que la vida no la coge con nadie. Lo siento. Si me he decidido a engalanar mi insignificante biografía con ésta, mi primera novela, tengo derecho a hurgar en la llaga. Es la única justificación posible para a veces sonar tan cursi.

Por ejemplo: Ingresamos a la famosa banda, «marching band», del colegio San Pablo de Ponce, reformatorio, correccional de blanquitos con un seguro porvenir de adolescencia prolongada... Era una distinción estar en aquella banda que entre otras cosas había sido seleccionada para la pompa de la toma de posesión del primer gobernador puertorriqueño que tuvo la colonia, don Jesús T. Piñero. Las fotografías de aquel acontecimiento engalanaban el salón de la banda, que estaba en el piso superior del edificio central, al lado del dormitorio. Aquellas fotos me parecían tiernamente nostálgicas e inocentes, un penoso alarde de tradición. Bueno, a lo que voy: Frank tomó una trompeta y a los seis meses fue capaz de tocar todo el repertorio de la banda, incluyendo el solo de trompeta de *Embreaceable You*, arreglo de Bunny Berigan. Después de un año apenas pude dominar los compases siempre cuadrados del bombo, o aquellos acentos tronantes y esporádicos, arriesgados, que me hacían temblar de ansiedad cada vez que me tocaba ejecutarlos. Eso sí; empecé con mejores auspicios. De hecho, fui degradado a tocar el bombo, que es como un embarazo casi literal luego de haber probado, muy efímeramente, los alardes del redoblante. Ocurrió que fui desplazado de la «caja», o redoblante, luego de que llegara a la banda aquel estudiante mulato y becado que parecía haber nacido con dos palillos de tambor en las manos. Mientras tanto, los curas se aferraban a la doctrina, probándonos que la genética no es nada y el libre albedrío lo es todo. He podido comprobar que podríamos invertir esa ecuación y tener la oscura posibilidad de ser felices.

Llegamos a la primera juventud —ambos intentamos estudiar una carrera universitaria— y Frank continuaba teniendo aquel gran éxito con las muchachas que era el asombro de todos y la permanente incomodidad de este servidor. Aquella nueva humillación había empezado en los dos últimos años de la escuela superior, de la high. Es que yo no era capaz de levantar ni con un gato hidráulico. En mí siempre ha existido ese algo sombrío que espanta a las mujeres. Siempre consideré a Frank aburridísimo. Pero cuando de mujeres se trata cualquier cosa es posible: las muy jodidas siempre andan confirmando nuestros peores prejuicios. Esta pesadez mía es algo indefinible. Es una jodida maldición. Frank tenía la gracia y la levedad de una pluma echada al viento. Frank era diestro en matemáticas y yo en Historia, sí, con H mayúscula. Él siempre fue apolíneo. Siempre he sido un ciudadano de las cavernas de Saturno. Ha sido así desde que me conozco. Frank practicó todos los deportes de la escuela y fue un atleta notable: buen jardinero central, mejor baloncelista, volibolista de «killings» que dejaban boquiabiertos a todos y un poco húmedas a las muchachas. Yo fungía de estudioso, intelectual, rebelde y nacionalista, me cambiaba de ropa interior cada tres días; ése era mi resentimiento secreto.

Nunca terminamos la carrera universitaria. Frank estudió comercio, pero era incapaz de otra aplicación que no fuera la de tumbar hembras. Sólo tenía una distracción, y era que el muy depredador consumía todo su tiempo libre en el centro de estudiantes, jugando en la bolera universitaria fundada por ese gran intelectual que fue el rector Jaime Benítez. Allí también reinaba como el rey de los pedos, en realidad sin la *d*, porque entre sus múltiples talentos se encontraba aquella asombrosa capacidad para expeler los gases intestinales más larga, inodora y ruidosamente que nadie. El hombre podía ser divertido, sin duda... Recorrí todos los cursos básicos de la Facultad de Humanidades y llegué a la certeza de que aquello sólo era una carrera posible para las blanquitas que Frank tumbaba a diestra y siniestra. Así fue que ambos acabamos en el ejército.

Al fin, aquélla era la gran oportunidad para probarme ante Frank. Siempre fui muy atrevido, mucho más que él, cuando nos adentrábamos en el monte detrás del colegio a cazar lagartos con la escopeta de perdigones. Justo a punto de ser enviados los dos a la guerra de Vietnam, se me desarrolló en la espalda un padecimiento cuatro F. Es un defecto congénito llamado espondilolistesis. En la formación ósea del cóccix en vez de tener hueso tengo cartílagos, algo así como un simulacro de rabo. Algo común en los gemelos, me repetía el médico. (El alacrán no tuvo suficiente calcio para los dos, por lo visto.) Aquélla era una condición que sólo se podía detectar con los «sit ups» del basic training.

Frank fue a tener a Vietnam y yo a inteligencia militar en el Fort Buchannan de San Juan, trabajo éste de oficinista y burócrata militar metido a delator político. Eran los años de la guerra de Vietnam y las protestas. Me complacía, sobre todo, husmear los expedientes de los blanquitos de la Facultad de Humanidades y fotografiar sus marchas independentistas y otras comemierderías. Era gente en contra de don Jaime Benítez. Para mí eso bastaba. De todos modos, en ese trabajo fue donde aprendí mi oficio, es decir, espiar a la gente, mirarlos a distancia, ser invisible, ponerlos bajo la lupa de mi misantropía, todas destrezas que luego me servirían para atreverme a esto.

Mientras tanto, Frank fue a Vietnam como artillero de helicóptero. Allí estuvo dos años (un verdadero récord) sentado sobre el casco para que no le volaran las pelotas y cazando vietnamitas con una puntería que jamás tuvo cuando cazábamos lagartos. Llegó a matar ochenta y dos vietnamitas. Frank titubeaba un poco al dar la cifra, porque siempre estuvo dudoso respecto de muchas de sus víctimas. Aclaraba que él le había «dado», había visto caer, a ochenta y dos bajo el fuego de su ametralladora. Era posible que la cifra de muertos fuera inferior. Aunque no le gustaba hablar mucho sobre Vietnam, bastaba una cerveza para que se pusiera belicoso y entrara en aquellos terribles conteos de cadáveres. Es que Frank no regresó bien, perdió en Vietnam, de un modo aterrador, su alma. Regresó con una adicción por la violencia que sólo era atemperada por el alcohol y las drogas. Por algunos años fui el ganador. Por fin me sentía superior a él, justo al mirar los ojos lastimados y ausentes de aquel muchacho alegre, guapo y seductor que regresó convertido en un guerrero incapacitado para la vida. Me lo devolvieron camino a la muerte.

Entonces, por un tiempo al menos, durante cinco años que recuerdo como un vaho, como un neblinar parecido al que rodea las alucinaciones o las pesadillas, coincidimos en esta playa. Ambos logramos licenciamientos honorables.

Jamás pensé que este sitio sería, eventualmente, mi sanatorio, mi lugar de convalecencia, mi hospitalillo. Hacia aquellos años aún teníamos, a pesar de todo, esa cruda energía de la juventud, esa ofuscación que surge de no haber considerado la vida en todo su espanto.

CAPÍTULO II

El callejón Génova queda entre las calles Margarita y Bromelia de Punta Grande. La Punta Grande es ese sector de Isla Negra que desemboca en la llamada «playita», abreviada península o saliente donde están localizados los hoteles La Hamaca y Atlántico. Es una de las playas más concurridas y temperamentales del litoral: hacia noviembre los vientos norteños que asedian a San Juan dejan la orilla entumecida de sargazo verdinegro y miasmoso. Durante el verano ese bajo cielo es de gran limpidez, y el acortamiento de las distancias que ocurre en el mar acerca a la playa el islote llamado Isla Negra. Éste se otea casi a ras de agua, y con una nitidez que lo acerca todavía más a la orilla. Isla Negra parece flotar, a veces pienso que levita sobre las aguas. Los fundadores de este vecindario con vocación de pueblo que es La Punta Grande, los pocos vecinos, jodedores y tránsfugas que ya van quedando de los años cincuenta y sesenta, aseguran que el Bohíque Garzaro sembró ahí, en el islote, tres palmeras fundacionales. Eso cuentan. También cuentan que las tres palmas desaparecieron con el azote del huracán Santa Clara, en el verano tardío de 1956.

No vivo en uno de esos condominios que han proliferado por este sector en las últimas tres décadas. Soy muy del lugar para semejante extravagancia. Mi casa terrera, este hospedaje tragicómico, alejado de la playa por una sola manzana, tiene esa noble horizontalidad de los cementerios marinos. Somos almas un poco suspendidas, puestas en nichos, en espera de un habitáculo más terrenal.

El hospedaje ocupa la mitad de la manzana del callejón Génova (el callejón no tiene rótulo, lo perdió hace años, sólo los de aquí conocemos su nombre); la otra mitad de su fachada da a la calle Margarita. Pedrín, uno de los auténticos pioneros de Punta Grande, lo construyó —por sus testículos— muy encima del pavimento del callejón y la calle Margarita. De este modo, para rescatar espacio habitable y alquilable, Pedrín dejó el hospedaje casi sin acera, apenas con un badén estrecho e incómodo, siempre repleto de polvo viejo y basura nueva. Es la seña principal, más visible, de esta casa terrera. Por este detalle la reconocerían.

Es que en aquellos años los socios fundadores hacían lo que les venía en gana con el espacio público y recién descubierto de Punta Grande. Aunque Pedrín no es de los fundadores más antiguos —llegó a esta playa a principios de los sesenta— es el último de aquellos pioneros que encontraron aquí una apacible comunidad playera —donde una vez tuvieron sus casas de playa don Bolívar Pagán y el contubernio Muñoz Marín-Inés Mendoza— y desarrollaron, a fuerza de billetes bien y mal habidos, esta gran colmena de prostitución cara, drogas, alcohol, vacilón de fines de semana y esporádica vida familiar o adúltera, esta última siendo la más estable de todas las que por aquí se dan.

Nuestra casa, el hospitalillo, es una estructura baja que presentimos no construida sino artesanalmente espetada en la arena, con los apartamientos apretadamente contiguos y ocultos por una tapia alta. Cada apartamiento tiene un portón de madera invariablemente podrido y destartalado. El remate superior de la tapia, una especie de corto pretil o ribete, está pintado de blanco. Los portones numerados están alegremente pintados con un gris hospital oncológico. (Siempre he tenido la tentación de pintar mi portón de rojo.) Aquí y allá se pueden notar algunos alardes estéticos y funcionales —cemento en bruto estriado, o formando relieves, un ojo de buey en la esquina de la tapia, por donde salen las hojas filosas de ese arbusto que crece en esta playa como yerba mala, la máquina de expendio de Coca-Cola empotrada por Pedrín en un espacio del muro, custodiada por una jaula de gruesos barrotes y tres vueltas de cadenas con cuatro candados, cautela contra la jauría de adolescentes bochincheros que invaden este sector en los fines de semana–, detalles todos que manifiestan esa vocación algo ornamental aunque utilitaria de nuestro casero y amigo Pedrín, insinuación de su bien disimulada vocación de pintor y reparalotodo.

A mitad del callejón Génova está el estacionamiento algo ocioso de esta casa de tránsito y convalecencia. Se usa poco. Aquí no salimos ni nos movemos mucho. Por pobretones y solitarios somos gente del Metrobús. En ese estacionamiento, que da al patio interior de lo que llamamos el pabellón Vietnam, fue que cayó Frank después de los tres fogonazos. Al otro día encontramos los tres plomos machacados en ese angosto espacio del estacionamiento. Dos de éstos se volvieron locos rebotando contra las paredes altas de la tapia interior. Aún los conservo todos. Están aquí, frente a mí, junto a las piedras de la vejiga que le sacaron a mi padre cuando le extirparon la próstata. Aquí están: vigilantes y en frasco de cristal, mementos de la materialidad entrañable de dos hombres que amé.

El callejón Génova siempre parece un basurero: Lo poco que tiene de acera está siempre repleto de vasos plásticos, botellas de cerveza vacías, bolsas Burger King, vidrios rotos y wine coolers a medio tomar, extrañamente colocados, con mucho esmero y cuidado, contra la pared de la tapia, como si sus dueños hubiesen ido a orinar a la playa y aquellos esperasen la próxima tanda etílica. Todas las resacas del basurero humano vienen a tener a esta jodida playa.

Aparte de estas señas notables, el lugar puede ser reconocido por una enredadera que siempre amenaza con taparlo todo, justo como la maraña tropical envolvió las ruinas mayas. Siempre he pensado que esa amenazante enredadera, que se mueve por los pretiles de los apartamentos con una sinuosidad callada, es como un símbolo de la malignidad on-cofílica que permea el bajo aire de este lugar. De un modo extrañísimo, compartimos esa enredadera que continuamente debemos mantener a raya.

Aquí compartimos muchas cosas: En una ocasión, cuando aún tenía la ilusión de ser pintor, Pedrín trajo una hembrita del caserío Lloréns Torres a que le sirviera de modelo. Le metió su tablazo. Luego todos la pasamos por las armas. Jose, el del pabellón Vietnam, celebró grandes cuadros con ella y la hermana menor, que también estaba buenísima. La llamábamos el «truck de carne» por su portentoso trasero, sólo comparable al de la Chacón y su hermana Lourdes. Y de esto Jose sí sabía, no sólo porque se tiró a las dos hermanitas Lloréns Torres, sino porque fue, durante un tiempo, aunque él lo niegue para así no tener que dar detalles, el novio de la sin par Iris Chacón. (Esto fue un gran aconte-cimiento en el hospitalillo, nuestro reclamo de fama y glo-ria; la Chacón lo recogía en su Corvette blanco todos los jueves y algunos viernes.) Pues Pedrín inmortalizó al «truck de carne» en una pintura cuasi pornográfica que ha recorri-do, de modo itinerante y a veces esporádico, porque ha desa-parecido durante largas temporadas, todos los apartamientos de la casa. Es que Pedrín alquila «amueblado y decorado», que quiere decir con lo traído por el basurero y todos los cachivaches de Punta Grande. Nuestra especialidad es la re-saca: la marina, la alcohólica, esa que caracteriza a nuestra gente inquieta aunque varada, en fuga y ansiedad perpetua.

El más notable de los pacientes del pabellón Vietnam es un bambalán de facciones angulares, tez broncínea y nariz aguileña que se hace llamar Tony Puma. Nadie sabe su ver-dadero nombre. Es pintor de brocha gorda y vive en el pri-mer apartamiento a la izquierda —en los setenta yo viví en el de la derecha—, justo en la entrada del patio interior de-trás del estacionamiento. Tony se metió mucho LSD en su primera juventud, lo que le dejó un cerebro flotante y con vocación esquizofrénica. Su alucinación favorita es una retrospección –flashback– que lo devuelve a aquella mañana en que se vio derretido en un autobús. En aquellos años de química consecuente le estalló un coctel drogo que le quemó el treinta y tres por ciento de su cuerpo: «Mano, el treinta y tres por ciento, el treinta y tres, tú sabes lo que es eso»… Entre sus pasatiempos se encuentra la homofobia, la lectura de libros sobre los nazis y planificar aventuras disparatadas y utópicas, como lo son subir al monte Everest –sería el primer puertorriqueño en hacerlo, ya mandó a imprimir las camisetas conmemorativas, fechadas para el 19 de noviembre de 1993, a quinientos años del Descubrimiento de Puerto Rico– y hacer una caminata a campo traviesa a lo largo de la Cordillera Central. Esta caminata nació muerta; supuestamente el día en que la comenzó tuvo que ayudar a la policía a capturar a unos traficantes que recogían, en el área de El Yunque, bolsones de marihuana lanzados desde una avioneta.

Tony Puma recibió su entrenamiento básico con las boinas verdes, en Panamá, donde procedió a clavar a la mujer del sargento y de este modo perder la oportunidad dorada de probar su hombría en Vietnam. Se mantiene en condición de batalla maltratándose con largos maratones a campo traviesa, las botas de reglamento puestas, mochila de treinta libras al hombro y el puñal de Rambo al cinto. Tony es nuestra bomba de tiempo. El tatuaje en su brazo, con la espada y el lema «Libera al oprimido», es un alarde penoso, porque Tony no es un guerrero como Frank, quien, por cierto, vivió por cuatro meses en ese apartamiento… No, Tony no es un guerrero. Ésa es su principal equivocación. A veces nado con él toda esta playa, hasta el cementerio Fournier. Su canción favorita de aquella época es también la mía: *Hotel California* de los Eagles. También compartimos la misma admiración por don Jaime Benítez. Es nuestro intelectual favorito.

Rafo sí estuvo en Vietnam y vive del licenciamiento por incapacidad mental cien por ciento. Quedó en silencio y con la pinga alegre. No habla con nadie y parece estarse mirando siempre los cabetes, es la hosquedad personificada. Fibroso, de tez broncínea, lo que se dice guapo, luce un bigotito atildado a lo Clark Gable. Su pelo es rizo alambrado y casi le cubre la frente. En esto, como en tantas otras cosas, incluyendo la estructura ósea de la cabeza, parece hermano gemelo aunque no idéntico de Tony. Pero no lo son. De hecho, Rafo y Tony se detestan. Uno estuvo y el otro quiso, ya se podrán imaginar la pendencia.

Rafo vive de su vocación de gigoló. Satisface las necesidades de una viuda de clase alta con orgasmos estentóreos y un gusto cafretón por las vergas grandes y gordas, y la de Rafo sí que tiene fama. Esta ejecutiva de corretaje y valores en las altas finanzas, mujeraza de cincuenta y pico de años, pero aún con buen culo y mejores tetas, le regaló a Rafo un Volvo 740 negro que él cuida más que a su vida gris. Sin tregua ni cansancio lo lava y brilla hasta la euforia, ahí en el pequeño estacionamiento. Mientras esponjea y brilla con bayeta, pone a todo volumen el tocacintas del carrazo, escucha invariablemente la música de Raúl di Blasio. Tony Puma traga gordo y no dice nada. Hace tiempo tuvieron una grande y Tony sabe que Rafo está más loco que él, además, Rafo estuvo en ese sitio dorado de sus ensoñaciones machistas. Hay respeto entre estos dos hombres. Eso sí, Rafo no sabe escoger zapatos. Usa unos feos zapatos de policía, con gruesa suela de goma y que brillan como si fueran de plástico. Estos zapatos son uno de los innumerables chistes discretos del lugar, representan el lado más benigno y vulnerable de Rafo.

Jose vive al fondo del patio interior. Es el amigo de toda la vida de Pedrín. La lealtad entre ellos es de siameses. Él y Pedrín son fraternos Nu Sigma y han callejeado mucho y en extremo. Pedrín le da gratis el apartamiento a cambio de que le cobre a los inquilinos y mantenga en calma los nervios alterables de todos nosotros. Jose, nuestro «candyman», el dulcero, siempre tiene bien provisto un botiquín de pepas, que reparte con gran juicio, sólo en caso de emergencia extrema: Ativan, Seconal, Ecuanil, Valium, Xanax. También tiene supositorios de Tigan. Somos gente de la náusea sartreana, y de la otra también.

El lado más vulnerable de Jose es que tiene brotes de lesbofobia, es decir, ve lesbianas por todas partes. Su última ejecutoria de distinción fue terminar en la cárcel por varios meses, luego de haber irrumpido en una obra teatral dirigida por la lesbiana que pretende los encantos de su hija adolescente. Destrozó la escenografía a batazos, además de mandar al hospital a dos de los actores homoeróticos. Jose fue, como Frank, artillero de helicóptero en Vietnam. Su pendencia conmigo, además de esconderme o robarme las chancletas playeras cuando voy a la playa y me echo a nadar, es asegurarme que resulta imposible llevar un conteo de cadáveres desde lo alto de un helicóptero en fuga y detrás de una ametralladora de alto calibre. Cuando me quiere provocar me dice esto, porque es como llamar embustero a Frank.

Jose estudió con nosotros en el colegio San Pablo de Ponce. Era hijo de gente don Nadie, como nosotros. Conoció a Pedrín en la universidad, seguramente en la bolera universitaria. En el colegio estaba becado, eso sí lo recuerdo. Jose es de tez oscura aceitunada sin ser mulato, tiene un poblado mostachón que le da reciedumbre a un rostro que, por lo demás, padece de cierta mofletudez infantil. Hay algo a medio hacerse en el rostro de Jose, como el de alguien que no maduró del todo, o sólo ha vivido a medias después de Vietnam.

En el primer apartamiento con fachada que da a la Génova vive Bill, un gringo que también estuvo en el sudeste de Asia. Poco sabemos de él excepto que siempre usa una gorra de los Yankees y es un alcohólico aterrador. No se comunica con nadie. No sabe ni jota de español y padece de paranoia. Siempre nos está acusando de robo de dinero. La última pendencia fue con Jose. Lo acusó de haberle robado treinta y tres dólares, «the age of Christ you motherfucker, you got into my shithole, *your* shithole, you spik (esto lo dijo con mucho desprecio hacia los puertorriqueños) and fucked me up, listen, you fucked me up». Lo primero, lo de la edad de Cristo, se lo repetía a Jose con una insistencia singular, como si en su pasado hubiera un bautista sureño. Esta referencia a su apartamiento como «shithole» nos divirtió, y procedimos a traducirla, algo libremente, no como «boquete de mierda» sino como «ratonera de cantazo».

Bill fue boina verde —el sueño dorado de Tony—, por lo que duerme con la puerta del apartamiento abierta y el portón del jardincito de par en par. Es como una invitación para los incautos pillastres, asaltantes y tecatos de Isla Negra. Pero la voz se ha corrido. (Nadie que desee tanto la muerte sería capaz de sentir miedo.) Los títeres y mozalbetes del lugar, gente del caserío Lloréns Torres que hasta acá nos caen, pillos de playa con locomoción ciclista, saben que se trata de un veterano de la guerra de Vietnam con el alma desesperada y ansioso por usar las destrezas adquiridas en el delta del río Mekong. Los muchachos clasemedianeros que se aparecen por este vecindario en ánimo de juerga, los fines de semana, siempre cruzan a la otra acera estrecha cuando pasan frente al portón abierto y con los goznes desvencijados. Ya lo conocen. Saben de sus carnes magras y pálidas, de su barba de tres días en su rostro a veces sanguíneo, chupado por el alcohol. Han escuchado sus maldiciones a viva voz, proferidas para la calle y los puertorriqueños, pero desde el fondo de la ratonera. Saben de esa mirada ausente, más que la de nadie por estos rumbos. En su pequeño jardín, siempre a la vista, la yerba mala crece sin cuido ni poda, el lugar despide un olor a vómitos rancios capaz de detener a cualquiera. Este patiecillo está alfombrado de botellas vacías de ginebra Calvert. Bill es un borracho profundo. Su talento para el alcohol es admirable. A veces lo envidio.

Justo al lado derecho, en el apartamiento contiguo al mío, vive un gringuito joven que trabaja de recepcionista en uno de los hoteles. Richard se comunica con un español Berlitz y pretende llevar en su ratonera la vida excitante de un playboy playero. Cuando llegó lucía muy acicaladito, trató de adornar su patio con piedrecitas ornamentales, al modo de un jardín japonés. La enredadera maligna ya se ha apropiado de su jardín y ahora amenaza con saltar al de Bill. Las últimas veces que lo he visto tiene un semblante confundido, perplejo, quizás no entiende por qué no puede traer tantas muchachas como quisiera. No acaba de percatarse de que las vibraciones en esta casa de locos tienen la sensualidad de una biopsia. Es algo que está en el bajo aire salitroso. Él debería sentirlo. Pero es un caso extremo de ensimismamiento el gringuito este.

A mi izquierda, en el apartamiento inmediatamente contiguo, cuyo alto ventanal-tragaluz da a mi patiecito, vive la Nadja; excéntrica y generosa, es uno de los pocos consuelos que tengo en esta playa. Es una pena que sea así de gorda y siempre tenga el pelo cochambroso y maloliente. Si no tuviera ese trasero inmanejable y seguramente celulitoso, más carnoso que el de una Venus rupestre, ya sería mi amante. Trabaja de caricaturista en un periódico; publica diariamente y a colores una tirilla cuyos personajes principales —Tere y Tata— son una feminista de chancletas sicotudas y una mami chula de tacones altos y dorados, con alegre disposición de viernes por la tarde y un largo historial de polvos fantaseados. Nadja está en brote de nervios, últimamente se muestra irresoluta entre las virtudes de estas dos mujeres ficticias; su tirilla cómica está pasando por una crisis de valores feministas, aunque siempre he pensado que Nadja se inclina más al aprecio de la musarañera y sensual Tata.

Nadja llegó de Cuba vía Miami, apenas era una adolescente ya seducida por una neurastenia postrante. Su padre, a quien amó de un modo fantasioso, era un alegre y vital comunista con un gusto provinciano por el surrealismo. El día que los barbudos pasaron por Pinar del Río, de donde es Nadja, ella pensó: «Llegó la guerra, se jodieron los reyes». Nadja es anarquista, habladora compulsiva, nuestro paño de lágrimas. La quiero con una ternura que pocas amantes me han despertado. Cuando tengo algún barrunto de resaca que no podría curar ni con el champagne de la Viuda, voy donde Nadja a que me prepare la batidita de papaya, guineo y mangó, bautizada con ron Palo Viejo, una verdadera caricia para el hígado y todas las mal dolidas entrañas.

Eso sí, Nadja es regueretera y desaliñada hasta la depresión. Si voy a su baño camino entre panties sucios, tenis apestosos, una colección de periódicos viejos cuyo propósito resulta borroso, mugrientas libretas escolares con manchas de café y alguna taza con los restos del jugo de china que exprimió hace tres días. En el baño, frente al bidet roto que también sirve de cesta de la ropa sucia, Nadja tiene ese enorme cartel de Mel Gibson con el pecho al descubierto. Miro a mi alrededor y veo más mugre, papeles viejos, amarillentos, manchados de pintura, las toallas sanitarias con el periodo del mes pasado. En ese baño lo único que está en pie son unos tacones altos y dorados; están puestos, muy cuidadosamente, uno al lado del otro, como esperando que se cumpla alguna promesa olvidada. El trono de Nadja es la mesa de dibujo y su elixir la batidita de papaya. Ahí reina sobre el caos con un aplomo inusitado. Su ambición de siempre ha sido la de pintar, algún día luminoso o borrascoso, los temperamentos de la playa. El caballete comprado hace años permanece sin lienzo. Nadja pudo haber sido una mujer bella de no haber vivido tanto desencanto.

También es mi bruja blanca. Me haló por las greñas, por así decirlo, sacándome de la terrible depresión que me asaltó cuando dejé a mi amante más reciente, un verdadero escombro de la clase alta oloroso a sábanas de Holanda y trajes de hilo. Pero también es mi cura de un modo más modesto: su principal pasatiempo es vivirse los cómics pornográficos de Milo Manara y Guido Crepax. Cada cierto tiempo me los pasa después de vistos y doblemente husmeados en el bidet. Una particular debilidad que compartimos es la tirilla de un cuadro entre dos mujeres y un hombre. Se titula *Silly Simphony*. Es nuestra complicidad masturbatoria.

Nuestros apartamientos se comunican a través del ventanal-tragaluz sobre el patiecito. Sin visitarnos, podemos conversar, porque la mesa de dibujo de Nadja no se apaga hasta bien avanzada la noche y el gringuito siempre llega sobre las doce. Algunas mañanas me despierto con los soberanos pedos que Nadja sopla con su trasero portentoso. Nadja es mi diosa madre tierra, una antigua guerrera que a pesar de haber perdido tantos miembros en el bosque, siempre se interna, nunca con miedo, o rabia.

Al lado de Nadja vive Aurora, mejor conocida entre nosotros como la novia de Pat Boone. Ocurrió así: Chita Rivera, la gran bailarina puertorriqueña del original West Side Story, la recomendó para bailar en una de las primeras películas que protagonizara Pat Boone; eran los años del hit internacional *When I lost my baby*. La boricua sandunguera provocaba el entusiasmo de aquel ídolo de matiné con alma metodista y los zapatos blancos y relucientes a Griffin all white. El romance se intensificó hasta coprotagonizar junto a Pat su más sonado fracaso taquillero. Volvió a ser la sandunguera novia boricua hasta que regresó al coro de bailarines y Pat Boone se convertía en un chiste. La concibo como una cenicienta varada en esta playa maldita, una sirena incapaz de ponerse de pie por su pasado, su juventud, lo mejor de su vida, porque conoció una de las vergas de oro –quizás la más insulsa– de aquella adolescencia de todos nosotros en que o nos pensábamos Elvis o nos sentíamos como se sintió el sapo encantado.

Aurora tiene la herida de haber traspasado, como en un sueño, una leyenda menor, que son, por lo penosas, las más consecuentes. Cuando soplan los nortes en todo el litoral, viste grandes camisas de jersey con bufandas, batolas que cubren su estatura breve y sabrosona, de tetas macizas, muslos aún firmes y buen culo. Así la husmeo ahí, en su pequeño patio, haciendo su jardinería en miniatura, con esos tubos plásticos recortados que le ha conseguido Pedrín, quien es uno de sus pretendientes. Aurora tiene esa nostalgia por los patios y parcelas de todos los boricuas que una vez emigraron. Ha llegado a cosechar gandules en ese pequeño predio, en esos anchos tubos plásticos convertidos en macetas. (El subsuelo de arena es ideal para la siembra de gandules.) Y su sonrisa mantiene el candor a pesar de la grotesca tomadura de pelo.

Las paredes del pequeño apartamiento están recubiertas de fotografías de Pat Boone junto a ella, muchas miradas de absoluta y creyente devoción se le escaparon a la Aurora en esas fotos. Parece embelesada, quizás un poco descreída, no sé, aunque eso vino después. Su piel suave es de un broncíneo natural, sin los auxilios del inclemente sol playero. El pelo castaño acentúa esa breve nariz respingona que remata en labios carnosos, ojos almendrados.

No me atrevo a abordarla. Intuyo las cautelas de ella a su edad; aparte de que jamás fui muy bueno en ese arte, son muchas las suspicacias que el alacrán me dejó en la piel. En mi juventud tuve que aprender, muy dificultosamente, a aceptar las caricias de las mujeres. Por reacción casi pavloviana, respingo siempre ante el cariño. Frank no era así. Todo el calcio del alacrán fue para él y todo el veneno para mí.

Lo acepto. Es mi debilidad, ese lugar vulnerable que está tan cerca de la amargura: Aurora es mi *fancy woman*, mi hembra ensoñada. Ante mis ojos sólo padece de una opresiva recomendación: los curas de San Pablo elogiaban a Pat Boone porque era creyente devoto. Además, Aurora se pasa leyendo la maldita Biblia durante todo el santo día, como si los versículos fueran mantras; los domingos protesta y arma bronca contra la iglesia metodista y en inglés, para gringos varados, que se reúne bajo una carpa ahí al frente, en el estacionamiento del hotel Atlántico. Es que en esta esquina de la maldita playa siempre hemos padecido de un exceso de religión. De hecho, es un sitio contaminado por el salitre y la religión. Aquí la ilusión de la vida eterna resulta barata.

Es mi hembra chula; pero no tengo energías; pienso en lo trabajoso que sería devolverla a una realidad más bonancible, al amor, y tiemblo de cautela, y miedo, admitido. Es la sombra del alacrán que habita en mí.

CAPÍTULO III

Vivo y muero en el pasado. Anoche bebí. Tuve la fortuna de no despertarme a esa depresión de células enchumbadas y lucidez insomne, dolida. En cambio, soñé que había subido la cuesta del colegio.

Divisé, a una distancia irreal, la torre sobre la marquesina; su techo de tejas a cuatro aguas, con la cruz de metal, se destacaba contra un cielo dramático y de nubes aceleradas. Identifiqué aquella torre, construida en el estilo español californiano, con la del *Hotel California*, de los Eagles. Sonó el solo de guitarra cuando de repente me encontré ante la gran cruz en cemento que imitaba madera, allí colocada, como siempre lo estuvo y estará, sobre la pendiente del colegio que da a la ciudad de Ponce y sus colinas secas; más allá estaba el mar. En el sueño se valora, sobre todo, aquella visión que desde allí teníamos, de ella, de la puta vida que apenas conocíamos, y punto. Ella estaba distante y nosotros un poquitín por encima de ella, algo así como una superioridad de iniciados en fraternidad antigua. Mientras Frank vagaba, con la mirada ausente, por aquel gran patio interior que era su reino, yo me enfrentaba irresoluto a una chorrera cuyo descenso comenzaba justo en el sitio donde estaba la gran cruz. Frank musitaba la palabra *Dramamina*, *Dramamina*, y yo, desnudo, con dos hembras también desnudas, una en cada brazo, me lancé por la chorrera, bolas al aire, hasta llegar a Ponce. Fue la euforia. Pero entonces me desperté. Estaba borracho; pero la reconocí, a la muy guiñona, como una de las majestuosamente lúcidas.

Ahora por la mañana a las ocho, hace un ratito, fui al Antiguo Bilbao, en la avenida Isla Negra, y me compré una Viuda etiqueta anaranjada, «color chinita», como allí le dicen. Sostengo así la lucidez, el descenso será suave, allá hacia la una de la tarde. No hay nada como una lucidez mañanera. El champagne me la sostiene y posterga esos descensos súbitos, tan malamañosos. Llueve en todo el litoral playero. He decidido quedarme en casa y rumiar. No iré a la oficina, tampoco acudiré a la cita de mi pareja preferida. Me duele la espalda. Es el tiempo, la edad, la espondilolistesis. Tengo puesto el arnés con el varillaje ortopédico. Eso me permite recostarme aquí, en el chaise longue playero.

Mi oficina de investigador privado queda en plena calle Loíza, en los altos de la fondita La Angoleña. Es territorio apache aunque de alquiler barato, calle de indocumentados dominicanos, tiradores de poca monta, boxeadores que nunca llegaron, putas envejecidas y abogados de panza retumbante con notarías en lo alto de lechoneras o friquitines. El fracaso está en el aire que allí respiramos. Cuando resulta respirable, porque la congestión de tránsito y las humaredas que levantan las guaguas son capaces de resolver todos nuestros problemas, ya, de una sola vez, con un ataque al corazón, el enfisema aplazado o ese cáncer que es como premio a los feos y perdedores. La vida comercial en la calle Loíza es de baratillo, la vida familiar es simplemente barata, violenta y alborotosa, *disfuncional*, como diría Jose.

El mobiliario de la oficina es una butaca reclinable de madera y un escritorio gris, color rata. El abanico de pie, que no funciona, también de comandancia de la segunda guerra, ha quedado allí como una patética gárgola de cara redonda, polvorienta, sonriente y esperanzada. Es mi mascota. Al otro lado del pasillo, Aurora tiene su casi siempre solitaria Academia de Arte Dramático, Canción y Baile.

Ese local se lo conseguí yo. A pesar de eso aún no me decido a invitarla a La Angoleña, cuyo dueño es un antiguo capitán de UNITA con humor de torturador africano. Además, Aurora casi nunca está ahí. Ya apenas sale de Punta Grande.

Hoy no iré. Hoy es para mí. Hoy estoy lúcido y no hay asomo de malas entrañas. Mi oficio, aunque ustedes no lo crean, consiste en mantener estable el matrimonio atacado por el virus del adulterio. Es un servicio especializado. Evito que el matrimonio adúltero termine en primera plana de *El Vocero* con algún titular burlón: «ABOGADO CLAVA AMANTE EN MOTEL». Siendo esta variante del matrimonio una delicada ecuación entre la infidelidad y la hipocresía, yo ayudo a sostener ese equilibrio. Que yo sepa sólo somos dos los detectives privados que nos especializamos en este tipo de trabajo sucio, afanoso, mal pago y con algunas erecciones gratuitas.

Aquí estoy, reclinado en el chaise longue playero, y con esta tabla que me sirve de escritorio ayudándome a conservar la inmovilidad neurasténica. Mantengo fría a la Viuda espetándola aquí, en un alto y angosto termo Coleman; uso copa para beberlo porque, no faltaba más, soy un caballero. Pero no son copas de flauta, sino de esas que usa el proletariado en sus bodas. Es el detalle cafretón, de detective lechonero de la Loíza.

No me levantaré a mear, no señor, muy a pesar de que tengo la vejiga acosada por la próstata. Me meo aquí mismo, en el termo, saco la botella, porque ya es inevitable la tibieza del champagne, y si me pongo a mear el temperamental chorro despertará a Nadja, quien todavía duerme —lo sé por los rumores de sus gases intestinales— en su camastro, bajo el tragaluz-ventanal sobre mi patiecito. Me meo aquí, en el termo Coleman, y después los boto. Para eso tengo puesta la pijama y ya voy camino a la incontinencia. Problemas de próstata y vejiga, siempre a la vez, los mismos que aquejaron al viejo. Aquí va. Quito la tabla, me aúpo en el chaise longue y casi oigo los bloquecitos de hielo al derretirse. ¡Qué rico!, como diría mi amante más reciente, el lagarto azul. Y tengo la pijama puesta porque justo cuando regresé del Antiguo Bilbao quise tener una mañana high class, lujuriosa. Huelo mal. Estoy abombado de sudor etílico, con fumón secundario a fondillo de taxista. Pero no quiero despertar a la Nadja, no señor. Soy maniáticamente considerado; es por mi timidez y poquedad.

Al fondo, allá atrás, sobre mis hombros melancólicos, está esa deprimente cocina con paneles de madera y formica, planchones que Pedrín cortó con un machete y claveteó con un revólver, justo para la época de Frank aquí en la playa. Una noche aluciné, y vi cómo salían de esas paredes, criaderos de sabandijas, todas las cucarachas y ratones imaginables. Pero eso fue el año pasado, y ya hacía mucho tiempo que no las tenía, digo, las alucinaciones. En realidad, certeza para mis nervios alterables, ahí sólo hay una ratonera de esas de ahora, de pegamento, sólo caen los mismos tres ratoncitos de siempre. Sin falla son tres, los *three blind mice*. Chillan toda la noche y por las mañanas los echo a la basura.

Las paredes de mi apartamiento están desnudas, son tan discretas que padecen las cautelas de un pabellón psiquiátrico: No hay provocaciones a la imaginación ni se cuelgan materias cortantes. El único lujo, un tanto arriesgado, es ese espejo para cuadros orgiásticos que Pedrín instaló, hace ya muchos años, detrás de la cama. Según Pedrín, uno está obligado a tener una vida de playboy playero con tal de mantener la festiva reputación de la casa. Pero el hecho es que sólo lo he usado una que otra vez, para espiar cómo se acoplaba mi fondillo con el del lagarto azul. Recuerdo que una vez la sodomicé frente al espejo. Eso me gustó; pero también, eso es todo. Pedrín economizó al no levantar las divisiones internas de los apartamientos hasta el techo. Él asegura que «Es el principio del tabique, te fijas». Por eso esta casa es como un laberinto de orgasmos casi públicos. También economizó en las puertas. En vez de éstas tenemos cortinas. Pedrín lo justifica así: «Es más sexy así, te fijas, más sexy, como de playa, así, algo rústico, te fijas, como para ligar a la gevita que estás a punto de tirarte, te fijas».

El apartamiento es tan pequeño que cuando meo el débil chorro se oye hasta en la cocina. Por eso sé que Nadja se ha despertado, alguna que otra madrugada, con mi primera meada de maitines. Me gustan las luces indirectas, no soporto esos bombillones amarillentos que me recuerdan a Bonilla, el enfermero alcohólico que se ahorcó en el apartamiento que hoy ocupa Jose. Lo único que engalana las paredes de mi ratonera es esa foto del rector don Jaime Benítez junto a Juan Ramón Jiménez y un grupo de niños. Es mi orgullo. Me la robé de una exposición fotográfica sobre la vida de don Jaime, allá durante mis años de estudiante universitario. Cosas de muchachos. Eran los años de Platero y la bolera.

Esta pareja que investigo, por ejemplo. Son lo que llamo un «doble carne», es decir, espío para las dos partes, a la vez, un jodido espionaje doble, eso. Fue así que ocurrió: Un día voy al bar del hotel Don Pepe, que queda aquí cerca, a la vuelta de la esquina, sitio de toda la vida, los jodedores más viejos me dicen que está ahí desde fines de los cincuenta. Lo reconocerían porque fue construido en el mismo estilo californiano del colegio San Pablo: tejas falsas en la techumbre y en las cornisas sobre las ventanas francesas, un patio interior, ambiente falsificado de cortijo español en el trópico. Ahí van, principalmente, gringos varados del vecindario con un español deficiente y parejas adúlteras con teléfono celular, gente de clase media alta, que sólo cuentan con una hora y no pueden tomar la ruta de los moteles.

Pues ahí estoy en la barra cuando veo a este amigo de los años locos aquí en la playa. Lo conocí a mediados de los setenta. Alguna que otra vez Frank le consiguió material, pasto o cocaína, para algún vacilón. En su juventud siempre fue una especie de jodedor mimético, un fulano fundamentalmente anticuado y gallego, el tipo ansioso que lo mismo prueba el ajedrez que la cocaína, basta que esté de moda. ¡Cómo ha engordado! Siempre bebió mucho, demasiado. Está borracho y claramente acompañado de la corteja, sí, porque la esposa yo la conozco, es una de esas muñecas tontas de clase alta con dieta permanente y la profundidad necesaria para leer *Teve Guía*. La está rateando, me digo. Y todos mis instintos que se activan, porque hacía tiempo que no tenía un trabajito y aquél me olía a doble carne.

Los miraba a distancia y sentí esa atracción mezclada con repugnancia que siempre siento ante el adulterio. Atracción porque es mi oficio y repugnancia porque detesto la traición, aunque sea mi modo de vida. Los médicos odian las enfermedades, ¿no es así?

Pues allí estaba en la barra y él que me reconoce. Me saludó a distancia y con simpatía. Finalmente me llamó a la mesa. Así confirmé que andaba borracho. Caminé hacia las mesitas al lado de la piscina; ésta ocupa casi todo el espacio del patio interior. Me presentó a la chilla como si yo no la conociera. ¡Que si la conozco!, se llama Migdalia y mucho perico que nos metimos juntos aquí en la playa. Eso sí: Nunca me la tiré. Es dominicana blanquita, trepadora. ¡Aquellos años locos! Migdalia ya asumió un cuerpo algo matronil —cuando la conocí no había parido ni una bellota—, pero aquí y allá sigue chulísima: buen culo, buenas tetas, unas piernotas que siempre alzó —y alza— con tacones altos. Carlos es el mismo de siempre, un muchito más gordo, eso sí: perfil italiano, bien parecido, con tez blancusina llegando a láctea, gordinflonería de varón puertorriqueño explotado antes de tiempo, la tristeza del mal casado. Éstos están queriendo volver a la dorada juventud, sí, así pensé, con ese aroma de la doble carne dándome fuetazos en las narices. Sí; en los setenta, a mediados, fueron amantes por vez primera. Ése fue el primer enchule; el que nunca debió repetirse.

Ella se fue. Tenía que recoger a los nenes en el colegio; esto lo supe luego. Hablamos largo y tendido. Le leí la cartilla de siempre. Le aseguré que ese primer aroma del romance jamás se recupera. La segunda vez tiene el interés rancio del periódico de ayer. En fin, le di mi discurso sobre el adulterio; cómo éste es un arte para almas frías, cómo es una estación para la que poca gente está emocionalmente preparada, cómo la chingadera casi siempre termina en divorcio y reguero económico, heridas imborrables a gente inocente, como los niños. Le dije:

—No te metas, no te metas, estas cosas por segunda vez casi nunca funcionan.

—Y ahora está casada...

—Imagínate, chico, casada... Hace doce años el agite sólo era tuyo. Ella era una mujer joven, soltera, vaciladora. Ahora está casada, ha madurado, tiene sus cautelas... los nenes, en fin; búscate una chamaquita por ahí, las hay... Si tú quieres...

—Quiero a esa mujer, chico, la quiero, entiende eso.

—Tú no tienes talento para el adulterio. Eso se te ve. El engaño, los embustes, las fabricaciones, la precisión mental que se requiere... Aquella vez se te hizo muy difícil... Te hará daño.

—¿Por qué tú dices eso?

—Chico, tu integridad, esa jodida integridad, no sé, quizás no te conozco bien. ¡Cuánto llevas casado con la misma mujer! Toda la vida, ¿no es así?... Se trata de engañar y ratear, de mentir y quitarte la peste a la cochinada. No sé. De lo que conozco de ti, no podrías; eres muy íntegro... o muy pendejo, como quieras...

¡Qué va! Se entregó al adulterio con una alegría y mediocridad que me indignó. Me sentí traicionado. Pensé que lo conocía. Está mal casado y siempre lo estuvo. Pero hasta entendía que había en él cierto estoicismo de jefe de familia conservador. Lo concebía como uno de esos hombres con vocación de integridad, que simplemente prefirieron la hipocresía matrimonial porque la baja concepción que tienen de las mujeres no les da para más. (Seguramente tuvo de madre un alacrán puertorriqueño, como yo.) Un tipo de escapadas, pero no de catástrofes. Eso es muy común en este país. En fin, me indignó que se abandonara al adulterio con tanta fruición y desparpajo. En él no había nada agónico. Sólo disimulo e hipocresía, eso. Siempre lo pensé con mayor entereza; así lo recordaba. El tiempo había corroído su alma. ¿O es que el recuerdo siempre ennoblece? A la tercera vez que lo vi en el hotel Don Pepe fue tanta la rabia que decidí ir en busca del doble carne. Olí un trabajo como el tiburón huele la sangre, o el alacrán olía a mi padre.

Migdalia está casada con un abogado rico, que ostenta la gerencia de una importante casa de corretaje en valores bursátiles. Estudió en Harvard y es menor que ella. La adora. Parece que es un tanto aburrido. Migdalia tiene un matrimonio con buen precio en el mercado. Además tiene una parejita —siete la nena y nueve años el niño— que ama con una ternura especial. Siendo dominicana de clase media pelona, se trajo a la madre a vivir con ella, lo que quiere decir: es gente medio blanca, pero con el ominoso trasfondo de un país poco viable y mulato. Migdalia es buena madre y mujer gozadora; lo primero le da la estabilidad y virtud que le permiten disimular lo segundo. Se aburre. Estudió leyes, pero el marido no quiere que trabaje; él gana por los dos. Se le requirió el papel de muñeca. Ella no se resigna a que su aventura principal en la vida sea recoger a los niños y chismear con otras madres fatalmente tontas, envejecidas aunque no maduras, terriblemente congeladas en el humor de la escuela superior, penosamente ingenuas. Carlos es arquitecto y necesita estar fuera de la oficina buena parte del día. Se le consigue con el celular. El marido de Migdalia, Roberto, es un hombre muy ocupado, que siempre está en la oficina, pero, también, invariablemente reunido. Todo esto lo averigüé, lo intuí, lo husmeé cuando conversé con Carlos aquella tercera vez.

El punto débil y abordable es la madre de Migdalia. Estaría ansiosa por conservar el buen partido de la hija. La llamé. Concertamos una cita. Nos reunimos en la cafetería

Kasalta. Ya cuando nos sentábamos en las mesas menos concurridas, la invité a una croqueta y me miró como si pensara que le corría la máquina. Al principio aquella señora emperifollada y mulata me mostró su repugnancia. Le dije que por una suma razonable le podría investigar las andanzas de su hija con Carlos. Ya muy pronto abandonó los remilgos. Le enseñé fotos y la puse a escuchar la grabación de una llamada desde su propia casa, a pasos de los hijitos y de ella. Eso la impresionó mucho. Insistí en que mi propósito no era explotar una relación potencialmente destructiva. Le pedí que me concibiera como una especie de consejero matrimonial: «Señora, usted lo llama y lo asusta. Si tienen buen juicio suspenderán el brete. Si no, pues siguen y esto o termina en divorcio o en desgracia... Es cuestión de que lo llame a su oficina y le diga a la secretaria, para que todo el mundo se entere: *Dígale al arquitecto Ruiz que lo estamos velando, que lo estamos velando, que se lo vamos a decir al marido de Migdalia...* Le dice eso, sólo eso. Disimule su acento dominicano; si puede imitar el acento cubano, o ponerse algo en la boca que altere su voz, pues mucho mejor». También le aconsejé que en esos momentos de la llamada pensara en el buen matrimonio de su hija, en sus nietos, en ella misma, en su vejez. Teníamos que proteger a su hija y a los niños de aquella mala pasión. Por último, le di un nombre falso, que uso en el contestador automático de mi único teléfono, el de la oficina, y una dirección inexistente.

Esperé una semana. Volví al hotel Don Pepe. Carlos conocía mi oficio. Me buscaría. El miércoles de la segunda semana posterior a mi conversación con la vieja, me lo encuentro en la barra. Está un poco borracho. Me cuenta. Está desesperado. Quiere seguir con la relación, pero qué ocurrirá. Se puede formar tremendo pedo.

—Ésa fue la madre.

—Sin duda. Estoy seguro —me dijo asegurándoselo él mismo, un poco para sí, la mirada catatónica.

—Es una doña desesperada que no quiere perder el buen partido de su hija.

—Así es... ¿Me ayudas?

—Ya yo no hago ese tipo de trabajo.

—Necesito que me ayudes. Te pago lo que sea... Sólo sería cuestión de ver si me vigilan, y quién.

—Bueno... Pero de ahí no paso. Sólo si te pusieron un rabo o no, ¿me oíste?

—También habría que velar a la vieja, saber cómo.

—¿Se enteró?

—Sí. —Esto lo dijo con la incredulidad aún sonándole en la voz.

—Eso seguramente fue que ustedes se pusieron descuidados. Ella se lo habrá imaginado por los niños. El marido casi nunca está en la casa, eso me lo aseguraste tú, con el trabajo que tiene... Si ella ha faltado a la escuela, no ha recogido a los niños y han tenido que llamar a la vieja, en fin, si Migdalia sale a deshoras, o ronda mucho el teléfono... No es tan difícil que la doña se entere. Oye, y ¿ella estaba enterada de la relación de ustedes hace doce años?

—Sí, por supuesto. Y la aplaudía. Era muy cordial conmigo.

—Te estaba haciendo la cama... Ahora es distinto. Migdalia está insuperablemente bien casada. La doña no quiere volver a Santo Domingo a comer mangú cuando tiene una casa con servidumbre y piscina en Santa Mónica.

—Te pago lo que sea. —Esto lo dijo con rabia.

—Está bien, está bien. Pero sólo vigilancia preventiva; si te ponen un rabo es hora de echar; por lo menos, para mí... O renegociamos, eso; estoy medio retirado de este negocio. Tengo presión alta, fatty liver, una hernia en el esófago y la próstata medio chillona, además del jodido colesterol y las hemorroides, ya tú sabes... Quiero vivir tranquilo, en la playa, no necesito...

—Te lo agradezco.

—Te lo dije, Carlos, te lo dije; tú no tienes talento para esto. Necesitas un coach.

Yo sí tengo talento. Porque, de verdad, mi oficio es adivinar el adulterio, luego vendérselo a víctimas y victimarios, cobrar buen precio. Ahora bien, mi vocación más profunda es la traición; así de sencillo: ver, mirar, sobre todo eso, mirar sin que te vean, delatar la duplicidad, consolarte con esto último.

Mientras tanto, intento no pensar mucho en ello. Aquí estoy, zampándome esta regia Viuda vestida de color chinita, en esta mañana intransitable, la próstata rabiando, porque ya no puedo beber sin que el equilibrio de los fluidos corporales se me altere. Porque la vejiga me gotea dolorosamente, o me sorprende con esos torrentes repentinos, juveniles, que no hace tanto empezaron como súbitos chisporrotazos en el calzoncillo. Coño. Estoy perfectamente deprimido. Hoy, por ejemplo, tendría que seguirlos al motel, fotografiarlos con el zoom, repartir entre el administrador y la camarera, grabar algunas de sus cochinadas, esto último siendo lo preferido por la vieja dominicana, lo sé... Pero no tengo ánimo para semejantes porquerías. Estoy muy cansado. Prefiero quedarme aquí, pasar de la lucidez al sueño y pear toda la tarde, como el general Quintín Banderas en la manigua, echado en este chaise longue playero de madera y tela con mancharones como nubes apestosas. Es como dice Pedrín: «Te fijas, te fijas, cuando un matrimonio amigo empieza a tener problemas les recomiendo siempre lo mismo: que se vayan a un motel y él le cuente los pelos del culo a ella, con un poco de perico, tú me entiendes, champagne, jamón serrano y manchego, un sitio con triple X y espejos en el techo. Un poco de pasto, por si quieren salir verdaderamente apestosos».

Así es. En esta playa todos somos expertos en consejería matrimonial.

CAPÍTULO IV

Desde que Frank murió el insomnio me acecha. Anoche, sin embargo, dormí bien. Tuve que recurrir, eso sí, a un coctelito de Unisom, Xanax y una cerveza Guinness cabeza de perro. Sólo tuve un sobresalto; creo que fue hacia la una de la madrugada. Rafo le estaba dando taller completo a la ejecutiva de corretaje −los había visto llegar hacia las diez en el Volvo 740 color vino− y el orgasmo estentóreo de la muy perra retumbó por toda la casa. Esa mujer nos trae a todos con los nervios de punta. Sus quejidos de medianoche, esos gritos −«Ahí, ahí, coño, ahí»− seguidos por los lánguidos y evanescentes «Ay, ay, ahhh» son capaces de alterar nuestra frágil ecuanimidad de gente herida en el sexo. Para ciudadanos fundamentalmente célibes como nosotros semejantes provocaciones a la fantasía y la masturbación son crueldades chinas.

Ahora por la mañana, cuando me disponía a aguantar la respiración para ponerme el arnés ortopédico, oí una garata en el callejón. Ya estaba el varillaje colocado sobre el cóccix, y los broches apretados sobre el vientre hasta reventar costuras −uso más aparejos que un catcher−, cuando decidí salir al callejón, asomarme a la pendencia; siempre es bueno levantarse por las mañanas enterado de que hay otros más encabronados que uno.

Esta vez eran Hashemi y Jose: Hashemi sostenía con la mano derecha la granada de siempre −Frank se la regaló cuando vivió aquí− y amenazaba con lo de siempre, o sea, volarse en pedazos junto a Jose si éste no le entregaba las fotografías de la Casa Verde. Jose intentaba razonar con él mientras Bill blasfemaba desde el interior de su cueva maldita: «Shut up, you motherfuckers, this is sunny Poro Rico, you spiks, I want some sleep».

Nadie sabe exactamente cómo se varó el iraní Hashemi en esta playa. Casi todos coinciden en que fue hacia principios de los sesenta. Era un luchador grecorromano en fuga del equipo olímpico iraní, no sabemos cómo ni por qué. De acuerdo con esta leyenda llegó a esta playa como guardaespaldas del Bohíque Garzaro, quien gobernaba la Punta Grande con poderes omnímodos. Según los playeros más antiguos, en aquel entonces Hashemi era fibroso, con la musculatura de un campeón que no empece su baja estatura, con ese bajo centro de gravedad que caracteriza a los tigres.

El Bohíque lo alojó en una de sus casas aquí en la Punta Grande. Era un viejo caserón de madera que había visto mejores tiempos en los años cuarenta. Estaba medio destartalado; pero Hashemi prontamente remedió esto pintándolo de verde monte con ribetes blancos. Esa casa vieja estaba en la esquina de Margarita con Pomarrosas.

Hashemi empezó a dar masajes −destreza adquirida con el equipo olímpico iraní− y terminó de curandero en la era de Acuario. Ya pronto tuvo pendencias con todo el mundo −odia a Puerto Rico y a los puertorriqueños− y varias veces lo vi voltear, aún a mediados de los setenta, hombres que lo superaban en fuerza y estatura.

La Casa Verde, como la llamábamos, era su pequeño reino; en la pared del largo balcón, que daba a unos canteros donde crecían rosales y arbustos de cruz de malta, colocó un letrero que orgullosa y tersamente proclamaba: «Dr. Hashemi, Health Clinic». Ahora daba terapia física, hablaba crípticamente de «procesos existenciales», de vez en cuando se tiraba a una chamaquita y aseguraba curas milagrosas contra el alcoholismo y la adicción a drogas, males comunes en esta soleada comunidad playera. Hashemi mantenía un gran libro de contabilidad convertido en texto sagrado, donde los pacientes daban fe —con muchos signos de exclamación y emotivas plegarias al Todopoderoso— de sus curas sentimentales y milagreras. Hacia aquellos años el patio de la Casa Verde estaba lleno de neveras que Pedrín —entonces se estaba divorciando— recogía en vertederos de basura y arreglaba para la reventa. Pero la vegetación primorosa del lugar, aquellas enormes enredaderas de malanguitas que parecían acurrucar la casa, los almendros de fugaces destellos entre las copas, la casa playera de fines de los treinta con aquel largo balcón de losetas multicolores y disímiles, ya desvaídas por el tiempo y el salitre omnipresente, mantenían a raya la terrible esquizofrenia del malhumorado Hashemi, hombre que cuando lúcido sentía una lealtad especial por mi hermano Frank.

Ahora Hashemi tiene alrededor de cincuenta libras de sobrepeso y su mente —después que lo desalojaron de su Casa Verde los herederos del Bohíque Garzaro— anda disparada. Por eso sigue ahí, en medio del callejón Génova, en esta su mañana pedregosa, gritándole a Jose que le devuelva las fotografías de la Casa Verde.

Hace años que Jose le sacó aquellas fotos a la Casa Verde y a su ilegítimo dueño, el doctor Hashemi; éste se las enviaría a su madre en Irán; ésa fue la promesa. Luego se pelearon. Jose asegura que en algún momento dejó las fotos en el buzón del apartamiento actual de Hashemi, a dos manzanas de aquí, en la calle Rosales. Hashemi lo acusa de haberle robado sus fotos, la casa, su juventud y también el recuerdo de su madre. Ahí están en el callejón, esgalillándose a insultos por esa recuperación penosa.

Después de un rato Jose se acercará a Hashemi —quien está descalzo, sin camisa, sólo viste los pantalones rojos de hacer ejercicio en la playa— y le pedirá la granada. Hashemi no se la dará, sino que más bien se retirará hacia el otro callejón, el más angosto, el que da a la playa que mira hacia Boca de Cangrejos, castañeando los dientes como si tuviera un caso histérico de denteras, o lo asediara el frío cósmico, haciendo ese sonido que es la seña inconfundible de su locura, blasfemando pestes —en su inglés deficiente— contra todos los puertorriqueños y su descendencia. Jose me mirará, casi suplicándome comprensión, un poco incómodo —vestido como está sólo con sus chancletas playeras y ese pantalón invariablemente gris—, y me dirá: «La verdad que ese Hashemi está cabrón, cada vez más loco pa'l carajo, fíjate... Hace años que le dejé las puñeteras fotos esas, mucho antes de pelearnos... ¡Las botó, qué puñeta sé yo!, y cuando se acerca, acá que me cae con la granada esa que le dio tu hermano. Por mi madre que un día de estos se la espeto en el culo, aunque yo dudo que esté viva, tú sabes, parece un dummy»... Esto me lo dirá con poca convicción, porque él sabe que dentro de Hashemi, muy a pesar de su esquizofrenia y actual gordura, hay un felino a punto de saltar, habita la majestuosidad del tigre; es su antigua belleza.

Así era cuando ambos —Frank y Hashemi— trabajaban para Juan Garzaro, alias el Bohíque. Éste tenía su gran casa blanca de dos pisos, con balaustradas y galerías, construida en madera hacia principios de los años cuarenta, en el roquedal de la Punta Grande, justo donde está ahora el hotel Atlántico. De aquella casa todavía queda el llamado «martillo», una galería a dos plantas que se le añadió a principios de los cincuenta, según algunas fotos que Pedrín conserva de esa época y que heredó del propio Bohíque.

Frank fue una especie de bufón y alcahuete de Garzaro. Siempre resentí ese papel; también me indignaba que mi hermano fuera cautivado, lo mismo que Hashemi, por aquel gargajo en dos patas.

El Bohíque era implacable con la gente de su territorio playero. Se paseaba por aquí, en sus pantalones cortos color caqui y espadrilles, con un carisma innegable. Su cuerpo estaba perfectamente bronceado por los baños de sol que tomaba en pelota, allá en la solana del antiguo caserón. La calva, también broncínea, ostentaba unas guedejas amarillentas que le bajaban por la nuca. Su cara era un cruce entre la de Picasso y un cínico cura jesuita fugado de las Vascongadas que fue nuestro confesor en el colegio San Pablo. También tenía cierto acento proletario con sabor a marina mercante. Las anchas espaldas acentuaban el leve arqueo de sus piernas flacas, la panza retumbante y cirrótica florecía hacia el pecho en pelos canosos que supuestamente volvían locas a las mujeres. Tenía la autoridad de un mago jodedor e irresistible. Cuando lo conocí había rebasado los sesenta años.

Era notorio por su gran atractivo y enorme apetito sexual. A esa edad era capaz de tumbar cuanta hembra se aparecía por la barra del hotel La Hamaca. Y si venía en compañía de otra fulana, mucho mejor; así las tumbaba a las dos. Si alguien se descuidaba en aquella barra con su novia, corteja o hit and run de viernes por la noche, Bohíque se la tiraría inevitablemente. Si yo fuera cursi diría que se trataba de un atractivo diabólico; me resisto. Aquello era tan grande que cuando estábamos en la barra y él aparecía lo pensábamos dos veces antes de dejar la chamaca para ir a mear. Así era la cosa.

Le gustaba ufanarse de que su gran atractivo se debía a un pacto que había hecho con el diablo. Entre los que se creyeron aquella basura estaba mi hermano, hombre impresionable para estas cosas como pocos que he conocido. (En nuestro primer retiro a la Kempis, en Manresa, una noche salió gritando por el pasillo como alma que llevaba el diablo, aseguró haberlo visto en su celda.) En el segundo piso de su caserón de pintura blanca y despintada por el salitre, el Bohíque tenía un cuarto donde todo el mobiliario era de plástico —por lo visto el material preferido del diablo—, y allí celebraba sus orgías y misas negras. Alguna que otra noche mataba en La Playita uno que otro pollo; así cultivaba su negra fama. Se decía que los degollaba con los dientes. Dispersaba las plumas por el arenal y chamuscaba las patas. Le gustaba asegurar —con una sonrisa carcomiéndole las muelas— que era capaz de comerse todas las entrañas no pertenecientes al sistema digestivo. Esto impresionaba mucho a Frank. A mí siempre me dio tres patadas, no soportaba a aquel viejo cabrón, cuya popularidad con el sexo opuesto me confirmaba las sospechas que siempre he tenido respecto de las mujeres. Acentuaba toda aquella caca con una sortija en oro dieciocho con la efigie de Satanás, y un cadenón que sostenía sobre su pecho canoso la semblanza de un diablo con la lengua por fuera. El Bohíque también era famoso por su afición al cunnilingus, sobre todo, al que sus mujeres se entregaban en el frenesí de las orgías. De ahí el diablo con la lengua fuera. Así de refinado era Juan Garzaro.

Cuando Frank no estaba lloroso, melancólico, con la mirada ausente, temerosa al ruido de los helicópteros, seguía los pasos de aquel gargajo como Pedro siguió a Cristo. Le conseguía la droga para sus orgías, mujeres convencidas para sus cuadros más íntimos, prendía el incienso para sus cursilerías de gurú playero, le traía los pollos para aquellas barbacoas de plenilunio con invocaciones al Señor de las Tinieblas, todo ello acentuado por los nervios de la cocaína y la magnificación de la marihuana.

Frank quedó a deberle dinero y Bohíque se lo perdonó. Quedó a deberle una adicción a la cocaína y Garzaro jamás se la cobró. Con tal de verlo tras sus pasos, convertido en su sombra, humillado —Bohíque era dueño del lado maniaco de Frank— estaba dispuesto a pagárselo todo. Hasta que Frank le levantó a su cortejita aquella devoción era una especie de costoso halago permanente a la pueril vanidad de aquel hombre malo. Al Bohíque le gustaba homenajear la memoria de Frank. Una noche, cuando yo estaba todavía inconsolable, se le ocurre pronunciarse así, en la barra del Hamaca: «Era sensacional, aun cuando estaba arrancao. Tú le prestabas diez pesos a las siete y era capaz de terminar esa madrugada en cama y con dos hembras, con un montón de perico tabique arriba». Estuve a punto de romperle en la calva una de las banquetas de la barra. Tuvieron que sacarme del lugar.

Hashemi siempre me lo dijo. Antes de irse para el mismísimo carajo en la locura me lo repitió, y me lo aseguró. Frank murió porque Linda, la chamaca más joven y chula del Bohíque en aquellos años, se había enamorado de él; y él de ella, coño. La Linda se suicidó después de haber perdido su cutis Camay con un ácido que los matones del Bohíque le obsequiaron a la cara. Frank ya había muerto, víctima de aquella noche intransitable, la de los tres disparos, la de mi sol de medianoche. Antes de que yo tuviera la certeza de que fue aquel viejo cabrón con ambiciones diabólicas quien mató a Frank, al muy sucio le explotó un rico cáncer en el hígado que se lo llevó en seis meses. Eso sí, chilló de lo lindo, como un lechón, allá arriba en el segundo piso, supongo que en la suite del plástico satánico. No quiso ir al hospital. Cuando el Demerol cedía, sus alaridos se oían por toda la playa.

Hashemi rompió con el Bohíque por lo de Linda y Frank. Al disiparse, aquellas dos lealtades le costaron la cordura. Pero en los momentos de mayor lucidez gustaba repetirme que sí, que él sí lo sabía, que él estaba seguro de que fue Bohíque quien mandó a matar a Frank. No tengo razón para no creerle. Aquella misma semana Bohíque se acercó a Hashemi para que le hiciera el trabajo. Él se negó. Era amigo de Frank; no podía hacerlo; eso le dijo.

Quien lo hizo me dejó el revólver asesino colocado en la mano derecha; fue la primera sorpresa de aquella cruel mañana en que sólo recordaba la noche intransitable junto a Frank y la borrachera más grande de mi vida. La puerta estaba abierta. Cuando salí al callejón Pedrín se acercó a decirme lo que había ocurrido. Aún el fiscal no había levantado el cadáver. Después fue que encontramos las balas. Seguían llegando curiosos al callejón. Sólo tuve ánimo para acercarme a la tapia y allí devolver, frente a todos, mis entrañas. (Nadie oyó nada… Yo oí, muy vagamente, algunas voces, perdidas en la noche…) Aún tenía la sensación del Magnum en la mano cuando empecé a vomitar; eso lo recuerdo muy bien. Aquel cabrón quiso hacerme creer que había sido yo. Al día siguiente, hacia el atardecer, nadé a la Isla Negra. Enredé el Magnum en una mallita de buceo, lo arrastré hasta allá. Ya oscurecía cuando enterré el Magnum con silenciador en lo más profundo del islote. Todavía debe estar allí. Mis huellas digitales se habrán borrado con el moho del salitre y los años.

CAPÍTULO V

Escribo esta confesión para ordenar mi vergüenza. Porque Nadja, mi confesora, tampoco sabe que rateo a mi amigo Carlos, que lo traiciono llevándole y trayéndole a la madre de Migdalia —esa vieja siniestra— cada paso que ellos dan. Se trata de una vergüenza profunda, sólo comparable con las humillaciones de la infancia o la adolescencia, como cuando salimos apurados y apresurados del salón de clases, con dirección al baño, allá en primer grado, y el tiempo simplemente no nos dio para bajarnos los calzones, o cuando descubrimos, con aquella orgía de barros que nos cubría la cara, que éramos irremediablemente feos y jamás lograríamos el carisma de un Elvis Presley. Prefiero que así sea, que esa vergüenza no admita el más leve asomo de liviandad o desenfado. Prefiero, mil veces, que sea una vergüenza grave, producto de ese ineludible y trágico sentimiento de culpa que me inculcaron allá en el San Pablo, en lo alto de aquel monte, de cara a la vida y frente a la pedestre clase medianera de Ponce, ¡las pretensiones de mi madre!: *una educación católica*, decía, *la mejor educación, sin duda*, proclamaba.

Antier amanecí con el hígado lacerado. Sólo me remediaría esa batidita de papaya que me prepara la Nadja, esta vez acentuada sólo con guineo, para recuperar el potasio perdido, y sazonada con un poco de miel, porque somos gente que cuida de su salud. Esa batidita es como una cascada silenciosa y ámbar que acaricia todas mis entrañas, que me apacigua los nervios alterados por el alcohol.

A las diez la llamé por la ventana. A esa hora Nadja incorpora su tardosa y neurasténica humanidad con la lentitud y solemnidad de los dinosaurios. Nadja es antigua; cada amanecer suyo es como una puesta de sol volteada, sin misericordia, al revés; hay algo en ella que viaja en dirección contraria a las manecillas del reloj. Me gritó que le diera media hora en lo que hacía sus ejercicios, se bañaba y ponía el café. Preguntó por la batidita, y asentí; un poco ansioso, sin duda, porque hoy me atrevería a contarle, le confesaría, mi atormentada afición a los engaños.

Aunque no tenía que ser así; también podríamos cultivar nuestra mutua vocación masturbatoria, ese consuelo de los tímidos y los solitarios.

Me recibió como siempre, con esa alegría inexplicable, pero cierta. Arrellanado, con la batidita casi a punto, le pedí que escuchara conmigo la grabación de una entrevista que tuve con «la vieja», la madre de Migdalia. Me contestó que ya mismo estaba conmigo, sonaba el último repaso de la licuadora a mi salud líquida.

—¿Dónde fue?

—En el Kasalta.

—Te gusta ese sitio.

—Es el lugar perfecto para husmear y que no te vean, mi oficio…

Mientras colocaba el cassette en el radio-tocacintas de Nadja, noté el acre tufillo en el bajo aire del apartamiento. Nadja había hecho sus ejercicios y lo tenía abombado con sus sudores y tristezas. Noté que tenía los cabellos más cochambrosos que nunca. Eso olí cuando la besé al llegar, en la mejilla… ¿Por qué no será más atractiva mi Nadja?… Por Dios que le haría sus honores, la corte, justo al menor asomo de coquetería… Pero en eso ella es consecuente, como yo con mi apestoso bacalao, con mi traición a cuestas.

—Fíjate bien, fíjate bien Nadja, todo el interés de la vieja está como, tú sabes, matizado por una bellaquería…

—Ay Manolo, ¡qué emoción! Espiar a la gente... Pero es que no te entristece...

—Oye, escucha, y después hablamos. Me entristece lo que hace la gente, pero no mi oficio, de verdad... Soy como un cirujano... Eso, eso mismo, vamos a ponerlo así.

—No te creo —sentenció Nadja con un tono inapelable—. Aunque quizás, algún día, todo eso te sirva para algo, para una novela, no sé... Estoy buscando una justificación para esto, para tu oficio, como tú dices, me entiendes...

—No seas tan severa, y oye, oye —insistí con ese desenfado mío que convencería de no ser tan fatulo—:

»—*Quiero más de lo de la cama.*

»—*Eso le costará mucho más, señora, hay que repartir entre los empleados del motel...*

»—*No importa.*

»—*¡Qué empeño!... bueno...*

—¡Qué vieja perversa y chilla! —casi gritó Nadja—. Pon algo de lo del motel, no tienes algo por ahí... —añadió, llevándose el tazón de café a la boca mientras me entregaba la batidita.

Se sentó frente a mí, en el sillón de balancín con la pajilla rota.

—Aquí, sí, esto es... Aquí va —advertí como si se tratara de una bien cuidada curiosidad, merecedora del más absoluto respeto.

—¿Qué es eso? —preguntó Nadja.

—Ruidos ambientales y los primeros besitos, el acoplamiento...

—El acoplamiento... Por Dios, Manolo, no seas comemierda, ¡qué de eufemismos! —añadió Nadja riendo y tapándose los ojos.

—Es la cama cuando se hunde... ¿Lo oyes?

—Ay no, fíjate Manolo, quítala, no puedo, no podría escuchar eso. ¡No, coño, no! Soy una romántica, una jodida romántica... Manolo, no, que no...

—El romanticismo no está reñido con la obscenidad. Deberías saber eso.

—No, no podría.

—Claro que puedes. Oye, hay un momento en que ella le dice: «Ay papa, ahí tienes ese culo tan levantaíto y rico, pa que te lo goces»...

—Una cafrería, una auténtica vulgaridad, es que no puedo, no puedo.

—Jódete.

—No te entiendo, la verdad es que no te entiendo... No, no me pongas eso, Manolo, please... Pero dime, ¿por qué tú crees que la vieja quiere husmearles hasta los pelos del culo a la pareja esa! Extraño, verdad...

—¡Qué sé yo! ¿Cómo entender la perversidad de la gente! Es el síndrome de la suegra y la madre bellaca, la vieja memoriosa, con añoranzas imposibles, mi negrita, como entrar a la habitación donde su hija acaba de echar un polvo, y acercarse a las sábanas, echarse sobre ellas, olerlas hasta quedar un poco como embriagada.

—Ay Manolo, no seas cursi.

—No, de verdad, en serio, tiene que haber algo de eso... No sé por qué la gente hace estas cosas. Aunque déjame decirte, mi experiencia es que la gente cuando se quieren mucho disfrutan de las obscenidades.

—Quizás tú tengas razón. A lo mejor así es que debe ser... Pero yo me resisto. O no, no me resisto, porque a mí también me gusta... Pero, tú sabes, yo prefiero las ñoñerías del amor... los besitos, las carantoñas... Si supieras, Manolo, que cuando me ultrajaron en la playa y yo sentí que el cielo se me caía, era como una cosa, como si yo estuviera justo en el punto donde el cielo tropieza con el mar... Pues yo estaba ahí, en el horizonte, comprimida... Y yo sentía, mi hermanito, que la marea de la existencia me bajaba y me subía, justo aquí, en el esternón... Pues lo que te digo: Cuando aquel cabrón se fue me invadió aquella humillación tan perfecta que sólo te la puedo describir como metafísica... eso; metafísica... Esa humillación, ¡la humillación!, ¡la humillación! Como que sentí que me habían borrado el rostro. Ya no sabía mi identidad, te das cuenta, por cara lo que tenía era un papel en blanco. Me miré el sexo y se me ocurrió una idea loca; ya amanecía, pensé: acuérdate que el sol nunca será capaz de curarlo, o sea, mi sexo...

—Nadja, no te me agites.

—Coño, carajo, déjame terminar de decirte esto, para que me entiendas...

—Sólo...

—No niego nada de lo que dices, pero, oye, carajo.

—Dime.

—Pues fíjate, cuando se me ocurrió aquella idea, cuando pensé que todos los días no bastarían para curarme de aquella humillación, pues sentí, coño, Manolo, lo sentí, lo sentí, que sí, que iba cayendo como en un pozo y que las paredes de la vida temblaban. Entonces quise aferrarme a la idea del bien... Todos los rostros de mis amantes, de los hombres que yo he querido en esta puta vida desfilaron por mi conciencia, así, como en una película, y ya me tranquilicé, coño, Manolo, fue así. Me aferré, me aferré, cerré los ojos y me repetí, coño, muchachos, mis gevos, cúrenme, no dejen que me seduzca la maldad, no me abandonen, estén aquí, conmigo... Tú, al que le gustaba darme por el culo, tú, el que gustabas de los sesenta y nueve... Fue bien loco, porque a la vez que los recordaba con mucho amor, también recordaba sus obscenidades y preferencias en la cama, esos tics que me los identifican, me entiendes... Ay Manolo... Cerré los ojos y me dije, coño, Nadja, ésta es la tuya, por aquí te vas, esos son tus papises chulos, aférrate a ellos y no dejes que esto te joda la vida, para siempre, porque el puto sol ese que sale todas las mañanas no basta... Y fíjate, mientras recuperaba los rostros de mis amantes, sobre todo, cuando recordaba su ternura, eso mismo, pues coño, Manolo, ya volví a tener cara, rostro, y las paredes del cerebro que dejan de temblarme y ya no me sentía pillada en el horizonte... ¡qué loco!, no...

—Lindo, perdona, coño...

—No, mijo, si no es nada… Es que esas bellaquerías son parte del amor, pero yo prefiero las ñoñadas, las cursilerías, siempre y cuando no me madruguen en una playa solitaria… te das cuenta…

—En uno de tus paseos matutinos... a la hora de maitines...

—Eso, eso —concluyó Nadja.

—Es una jodienda, el amor, verdad…

—Fíjate, dime… ¿dónde se encuentran el Carlos ese y… cómo se llama ella?

—Migdalia.

—¿Dónde se ven?

—Pues no sé, en sitios increíbles… Imagínate… en el Burger King de la avenida Campo Rico. Tú te imaginas… Tal parece que es un amor que sólo puede florecer en vecindarios de cuarta categoría.

—Eso es lo lindo.

—¿Tú crees? A mí me parece un jodido fracaso.

—Porque en el fondo eres un snob, un comemierda… Ellos se quieren. Y eso les basta. Podrían hasta verse, qué sé yo, en un liquor store de la Iturregui y serían felices.

—Por cierto, hablando de la avenida Iturregui… esta grabación que tengo aquí…

—Y dale…

—No jodas… Pues esta conversación fue grabada en casa de ella, pero él la estaba llamando desde Bebo's, en la calle marginal de Isla Verde… Imagínate, el friquitín Bebo's… cafrelandia… A un pasito de la Iturregui es… está…

—Pónmela, ¡qué remedio! Hoy te levantaste con el hígado roto y la pinga dulce…

C: Tú sabes, uno tiene que meterse por aquí, por allá, coger un atrecho, con los tapones…

M: Ay papa, pero si tú eres tan bueno metiéndote por donde no cabes.

C: No jodas, no jodas, no me provoques… Mira que te caigo allá… Eso mismo, sentirte completita, ahí, esnuíta, acariciarte, mamarte completita, pa'arriba y pa'abajo, y despúes por dentro y por fuera, mami, te quiero...

—Tú estás seguro de que él llamaba desde Bebo's.
—Sí, Nadja, no jodas, se lo dice al principio.

M: Ay, coño...

—Desde un jodido teléfono público...
—Como lo oyes, increíble, ¿no?

C: Particularmente te daría taller con el mete y saca, el mete y saca...
M: Coño, Carlos, precisamente de eso es que tengo ganas ahora mismo, me muero porque me lo metas. Estoy enchumbaíta.
C: Tócate.
M: No puedo. ¡Aquí está todo el mundo!... Los nenes haciendo las asignaciones, mami viendo televisión...
C: ¿De verdad que te gustaría?
M: Me resucitaría. No puedo pasar otro domingo *(la llamada fue un lunes al atardecer, le aclaré a Nadja)* sin ti, ir al parque de las Palomas, volver a un Burger King con los nenes, visitar a los suegros, ¡no! Quiero que me claves.
C: Ay carajo...
M: El próximo lunes, a primera hora, Carlos, nos vemos en el OK. Es que no puedo empezar la semana sin ti. Me da la neura. Hoy me he sentido intranquila todo el día.
C: Es como cargarte la batería...
M: Más bien es como llenarme el tanque.
C: Te lo lleno, y te lo lleno bien, verdad que sí.
M: Ay sí, coño, sí.
C: Yo también estoy en las mismas. El problema mío es

que te necesito toda la semana. Y sólo tengo a majuana, a la majuana...

M: No seas hipócrita.

C: No entremos en eso. También tú estás casada... Te digo que sólo tengo a la majuana.

M: ¿A quién!

C: Olvídate; te necesito.

M: También yo, también yo, te necesito toda la semana, todo el tiempo.

C: Ay mami, yo viviría dentro de tus pantaletas, sí, ahí mismo, convertido en esa vetita color marrón que hacia el frente se te convierte en ese olor a mar, a algas, a sargazo...

M *(se ríe)*: Ave María, Carlos, por Dios, que me sonrojo, no seas puerco, fo, en qué te vas a convertir, ¡en mis panties! *(Ambos se ríen.)* Ahhh, ya veo, regresarías convertido en unas pantaletas...

C: En un g string, mami, pa'meterme allá adentro... ¡Oh, espérate, en un tampax, maldito destino el mío! *(Se ríen.)*

M: ¡Qué loco, qué loco eres!... Pero oye, no es mala idea, sería una chulería, tenerte ahí, siempre.

C: Por lo menos en esos días difíciles del mes. *(Se ríen.)* Y luego mi destino final será que me halen la cadena y seguir dando vueltas en la bacineta, sin poder irme por el chorro...

M *(riéndose)*: Ay sí, papa, eso mismo, una caja...

C: ¿De qué?

M: De Tampax, para que siempre estés como viniéndote allá adentro.

C: Eso mismo.

M: Ay coño, Carlos, quiero que me lo metas; ahora.

C: También yo quisiera clavarte.

M: Sí, te necesito, con desesperación; sabes, ayer te eché de menos, tanto, ¡tanto!; estaba desesperada... Pensé tanto en ti, ayer...

—No me gusta eso, una mujer que suspira tanto, ¿qué tú crees Manolo?

—De acuerdo... Ahí el enchulado, de verdad, es él. Aunque ella también lo quiere, no creas... Sí, Nadja, lo quiere.

—A mí no me gusta ella —sentenció Nadja.

M: Carlos, mira, hablé con Mónica, mi amiga, tú la conoces, aquella que le gustaba mucho el pasto... Te acordaste... Pues me convenció de la locura de todo esto, tú sabes... tanta improvisación... Esto nos puede estallar en la cara.

C: No, no pienses en eso.

M: Ella me dijo que difícilmente me podría prestar el apartamiento una que otra vez... Pero usarlo con regularidad en la semana... Ni pensarlo... Y te repito... Algo me dice que nos están siguiendo al motel... Quiero cambiar... Tú sabes, no encontrarnos en el mismo sitio siempre... O alquilar un sitio...

C: Eso es imposible.

M: ¿Qué es imposible?

C: Que nos estén siguiendo. Tengo un detective contratado precisamente para que no nos sigan, para que no nos pongan un rabo, como dicen ellos...

Nadja interrumpe:

—¿Quién es ése?

—No sé, Nadja, pero me preocupa... Aparentemente es alguien que él ha conseguido para que no lo sigan... Pero el fulano ese no aparece por ningún lado, de verdad... Yo creo que lo están cogiendo de pendejo...

—¿Tú no has visto a nadie?

—Nunca. Ahora, eso sí, tampoco le he dedicado tanto tiempo...

—Ya veo. Ponla de nuevo.

M: Bueno, de todos modos, llamé a otra amiga, Carmen, ¿te acuerdas de ella?

C: Sí, la de los orgasmos a grito pelao...

M: Esa misma.

C: Que también se metía mucho perico.

M: No, ésa es otra.

C: Ahora me confundí.

M: Bueno, ponle pichón, la del cuartito que nos prestaban... Quizás no te acuerdes bien, pero la conociste, la primera vez...

C: Ya te dije, la de los orgasmos estentóreos.

M: Esa misma, la hermana de Mónica.

C: Coño, acaba, dime.

M: Pues estoy tratando de que me preste su apartamiento por una tarde a la semana. El miércoles... este miércoles... ¿Qué tú crees? Es el día menos comprometedor y comprometido de la semana. Cada quien llega por su cuenta y con media hora de diferencia.

C: Coño, estás bien *sharp* en eso, en contrainteligencia...

M: No es broma.

C: Está bien... Yo te llamaría por el celular... Aunque, ¿dónde queda ese apartamiento?

M: Nos queda lejos, a los dos. Está casi llegando a Toa Alta, después de Hato Tejas.

C: Vaya... Está mucho más lejos que el motel.

M: Pues no hay otra.

C: Espérate, estoy pensando... Bueno, fíjate, el problema es que yo tengo que estar de regreso en San Juan hacia las cuatro de la tarde... Es el aniversario de la muerte del suegro y hay una misa a las cinco, no, espérate, a las seis.

M: Eso te toca a ti. Yo consigo el apartamiento, lo otro es asunto tuyo.

C: Tranquila; no te estoy discutiendo.

M: Concho...

C: Y el martes, ¿podría ser el martes?

M: No; tengo un almuerzo con Roberto, debo acompañarlo.

—¡Qué ratería!, verdad...
—Manolo, Manolo, no seas moralista, vive y deja vivir...
—Y, sobre todo, ¡cobrar para que otros vivan!

C: Ahora te digo yo, ¡coño!
M: Pero Carlos, tampoco tú me podrías dar ninguna seguridad, ¿no es así?
C: Hay buenas, muy buenas posibilidades de que te llame...
M: Ay Carlos, la verdad es que yo no puedo seguir en esto. Mejor alquilamos un apartamiento en El San Juan Towers. Nos queda céntrico y hay total privacidad.
C: ¿Más que en un motel?
M: En el motel me siento vigilada.
C: Deben ser los espejos... Coño, Migdalia, ¡cuándo te veré? Migdalia, es que no lo soporto.
M: Yo tampoco.
C: ¿El miércoles? ¿Finalmente podría ser el miércoles?
M: Espera... Estoy pensando... Sí, podría ser. Yo estaría sola... Aunque Roberto podría llegar del viaje a Saint Martin temprano en la tarde... Tengo que recoger a los nenes a las dos y media... Yo espero que esa huelga de los controladores aéreos siga... Él volaría el martes por la tarde... Si la huelga allá en Saint Martin sigue, posiblemente tenga que quedarse otro día; eso me dijo.
C: Suena a que también tiene una chilla.
M: Ay cállate, no seas incordio... Entonces llegaría el jueves por la noche... Es terrible decir esto, pero esperamos que siga la huelga, el lío ese, y él tenga que seguir por allá...
C: Eso estaría perfecto. Podrías pedirle a tu hermana que recoja a los nenes y se los lleve a tu madre. Así es-

taríamos juntos también por la tarde. Alquilo una cabaña en el Hilton y ya.

M: ¡Estás loco!

C: La gente de aquí sólo va en los fines de semana.

M: Yo no me correría el riesgo.

C: Tienes que pensar positivamente.

M: Sí, tienes razón; porque si no me vuelvo loca de deseos por ti.

C: Esta bellaquera, ¡qué cosa, verdad!... Reza para que siga la huelga.

M: Sería tan bueno tener una noche, o una tarde larga, para quemar fiebre, esta bellaquera...

C (*bostezando*): Eso mismo...

M: ¿Tienes sueñito?

C: Sí, tengo sueño, estoy cansao.

M: Tú me llamas mañana, tan pronto salgas... Por el celular...

C: Sí, eso mismo haré.

M: Que tengas buenas noches...

C: Cariños.

M: Te quiero.

C: Más te quiero yo; no quiero despedirme.

M: Querido, te conviene descansar, darle a ese cerebrito tuyo un descanso. Buenas noches.

C: Buenas noches, que Dios te bendiga...

M: Te quiero y estoy tan orgullosa de ti y de ser tuya.

C: Más orgulloso estoy yo de ti.

M: No seas tonto, orgulloso dónde, ¿en el Burger King?

C: Coño, Migdalia, eso fue un golpe bajo.

M: Perdóname.

C: Estoy orgulloso de ti, de verdad, por todo lo que has logrado.

M: Yo no he logrado nada.

C: Sí, tú has logrado mucho.

M: No, de verdad que no.

C: Tu gran logro es quererme.

M: Ay cariño… eso es fácil; más fácil que respirar.

C: Tú sufres todas estas humillaciones y torturas.

–El muy hipócrita.

–Ya cállate, Manolo, mira que me derrito con tantas chulerías y carantoñas… tanta ñoña…

–Bah… basura dirás…

M: … No seas tonto. Yo haría cualquier cosa por ti, hasta reunirme contigo ahí, en Bebo's, encontrarnos ahí…

C: Ya lo hiciste.

M: Por eso. Eso es amor. Ésa es la fuerza de mi amor. Buenas noches.

C: Buenas noches. *(Le tira un besito por el micrófono.)*

M: Te amo.

C: No quiero despedirme.

M: Tampoco yo, pero debes seguir para tu casa, acostarte…

C: Adiós, mi amor.

M: Te quiero.

C: Adiós.

M: Me llamarás mañana.

C: Sí, sin falta, por el celular.

M: Adiós, te quiero.

C: Buenas noches.

M: Te querré siempre.

C: Buenas noches.

M: Adiós, muchos cariños, besitos…

C: Besitos. *(Los tira por el micrófono.)*

M: Adiós, mi amor.

C: Que pases buenas noches…

M: Buenas noches.

C: Buenas noches.

M: Voy a colgar, ahora…

C: A la vez. Yo cuento: a la una, a las dos, a las tres… Oye, oye, mejor colgamos juntos… Aprieta el gancho del auricular, digo, el botón…

M: Aprieta tú primero.

C: Voy a apretar.

M: Ay papa, lo que me gustaría es que me apretaras el mío.

C: Tu botón.

M: Sí, y que me lo chupes con esa lengüita tan rica...

C: ¡Deja!, ya, chica, vamos a enganchar.

M: Dime lo que le harías... a mi botoncito.

C: Te lo chuparía, cada vez con más fuerza (*bostezando*).

—¡Qué cafrería! ¡Qué vulgaridad!...

—Ay coño no, Manolo, caramba, ésa es la chulería del amor.

M: ... Ay, mi amor, estoy enchumbá, tendré que bañarme, estoy que ni yo misma me aguanto... Por lo menos, cambiarme las pantaletas...

C: ¡Qué rico!

M: Buenas noches.

C: Buenas noches y te quiero. (*Bostezos.*)

M: Te adoro.

C: Yo te adoro a ti.

M: Buenas noches.

C: Buenas noches.

M: Adiós, mi amor. (*Le tira un besito.*)

C: Te quiero.

M: Buenas noches, que descanses.

C: Engancha.

—Coño, Manolo —añadió Nadja, los ojos muy abiertos y con una sonrisa de incredulidad—, ahora te entiendo, ¡qué romántico!, ¡qué emoción!, ¡una nueva emoción!, jamás pensé que sería así. Ahora te entiendo. Ahora te entiendo cuando tú dices que eso es adictivo. Coño, sí, una nueva emoción, de verdad, como coger por el culo por vez primera, ¡qué emoción, qué romántico!

CAPÍTULO VI

Esta mañana Tony Puma que viene a despertarme, ¡coño!; yo tenía un dolor de cabeza encabronado, la resaca se había apoderado de mí como mareo alto, anoche lo mezclé todo; empecé con el White Label y terminé con un ron martiniqueño que me regaló un amigo. El ron martiniqueño es todo aroma, recuerda el ron cañita, envenena hasta con el tufo.

Pues así de abombado estaba cuando oí los golpetazos en el portoncito que da a la calle. Sabía que era Tony Puma. Pensé: sólo a ese cabrón se le puede ocurrir procurarme tan temprano, debe ser para involucrarme en una de sus urgencias paranoicas, como subir el monte Everest o cruzar a campo traviesa la Cordillera Central. Es el tipo de inquilino que confirma la fama de esta casa como manicomio de custodia mínima, buena razón para colocar un catre en la oficina de la calle Loíza, y ya no saber más de la maldita playa. Pero entonces no estaría cerca del recuerdo de Frank.

De todos modos, hay algo maligno y malsano en la atmósfera matutina aquí en la playa, son los rocíos y vapores del hospitalillo, su loca emanación grisácea. Es como si de cara a un nuevo día, no nos remediara el sol, la brisa, el radiante paisaje marino. Sólo hay cabida para el mal humor, ese prior dominico que nos llama a maitines, ese tirano nuestro de cada día que sabe cómo volvernos urgentes, maníaticos, algo repentinos, obsesivos sin causa aparente, crueles y desesperados en nuestro resentimiento.

La pendencia fue por el auto que le regalé. Lo presentí desde el primer momento. El incidente conserva ese tufillo a trivialidad que por estas tierras suele resultar en desgracia: Había conservado un Oldsmobile Starfire de 1976, una chulería de auto deportivo diseñado por Pininfarina que compré con lo poco que heredamos del viejo, quien murió de cirrosis del hígado en el verano de 1975. Era rojo; parecía un Ferrari, pero no lo era. Me lo compré para abandonarme, sólo por una vez y jamás para siempre, a esa afición por los coches deportivos que tenemos todos los blanquitos medio pelones. Era un modo de remediar la melancolía y mi poco éxito con las mujeres; díganme ustedes si la ironía no es esa curiosa defensa de los que hemos tenido barros.

Conservé el destartalado Starfire como souvenir de aquellos años locos junto a Frank aquí en la playa. Las abolladuras, el moho, el panel de los controles roto, los asientos con el hule desgarrado y las alfombras desgastadas hasta revelar el metal del chasis, sólo eran evidencias del contundente y desconsolador paso del tiempo. Le vacié las gomas para que no me lo robaran. Luego le trepé los camones sobre bloques, algo que con mucha frecuencia verán en el trópico Caribe. Aquél era mi *memento vitae* —¿así se dice, don Jaime!—, el recuerdo empecinado, la memoria de los buenos tiempos.

Pues Tony Puma que se empeña en que le regale el maldito auto. Su lógica paranoica es la siguiente: Si Rafo tiene un Volvo 740 que brilla todos los días y además estuvo en Vietnam, él necesita un auto deportivo que evoque los Ferrari de la época clásica. Me aseguró que lo conservaría como la niña de sus ojos, manteniéndolo por aquí cerca en la playa, sabiendo como sabe del valor sentimental que siempre tuvo para mí. Se lo cambié por un equipo de buceo; me dio un tanque, el «wet suit», las chapaletas y una fisga enorme —más bien era como un arpón— capaz de cazar ballenas, y que Tony jamás usó contra esos tiburones que se convierten en parte de su obsesión tan pronto entra al agua. A cambio le di mi pelota de moho sin ruedas. Pero fue él quien lo quiso así.

Ahora por la mañana, justo hace un ratito, me aseguró que lo había cogido de pendejo, que el Starfire casi se le había convertido en un reguero de bielas, y que le devolviera su equipo de buceo. Como hace Hashemi, se colocó en medio del callejón Génova y empezó a gritarme que yo era un sucio y que nadie, pero que nadie, lo cogía a él de pendejo, y que no me le guapeara porque me mataría. Lo tranquilicé, quise hablarle sobre mi resaca, exigirle que se apiadara de mí; pero no hubo forma, no señor. Compulsivamente señalaba hacia el sitio donde estuvo estacionado el Starfire, ahí en el callejón. Llegó a asegurarme, a toda voz, que tuve estacionado ese automóvil ahí, durante tantos años, para provocarlo, para finalmente engañarlo, ¡puñeta!

En eso que llega el Carabine Commander y Tony Puma finalmente se tranquiliza. Fue encuentro cómico y providencial: El Carabine Commander está más loco que él, es una suerte de espejo de feria que deforma la locura de Tony Puma, volviéndola más gruesa y adelgazándola a veces, otras veces haciéndola atrevidamente jocosa. Por eso Tony le huye a Carabine como el diablo a la cruz. Se recogió a su cueva e invité a Carabine a una fría en el colmadito del Cocomar. La Heineken me curaría la resaca como él me curó de Tony.

Cuando no está locuaz hasta por los codos, a la caza de una cerveza que él jamás pagaría, el Carabine Commander —nadie sabe por qué demonios se hace llamar así— cobra el misterio de ese pedazo de tronco que la marea trajo a la playa. Nadie sabe cómo llegó aquí. Presentimos algún pasado remoto —posiblemente su genética— verdaderamente terrible. Sólo lo conocemos en este presente, tan terco e invariable, que es el desamparo y la locura. Vive de las sobras que le dan los cocineros de los restaurantes y hoteles de por aquí. Sus únicos dos vicios son la marihuana y la cerveza

Guinness que invariablemente procura, hacia las diez de la mañana, en el colmadito del Aparthotel Cocomar. Eso ocurre así cuando no está catatónico, perdido en esa cabeza que es como un neblinar. Se cuida de los rayos inclementes del sol playero con una sucia y vieja gorra de los Cangrejeros de Santurce. Le gusta hablar de la pelea a puños del lanzador relevista Milton Ralat con Willie Mays durante la temporada cangrejera de 1954-1955. Inexplicablemente, ese incidente es un sitio muy iluminado en su memoria; para aquel entonces, en su lejana adolescencia, Carabine era cargabates de los Cangrejeros de Santurce.

Sí, eso; porque casi siempre está, o cae, en uno de esos hechizos que le mantienen la piel broncínea, tandas hipnóticas que lo obligan a permanecer, durante horas muertas, de pie, en la misma tiesa posición, contemplando el mar, sin un pestañeo o un suspiro; tal parece que en esos momentos se le ha detenido la respiración.

Carabine tiene el cerebro esponjoso, colocado como está siempre en el neblinar de la marihuana. Pero lo que la mafufa le resta en percepción se lo añade en memoria, dándole a los detalles que han llamado su atención un verismo alucinante.

Hay que oír, por ejemplo, cómo el Carabine Commander describe, cuenta, sus noviazgos con Gina Lollobrigida e Iris Chacón. Sus cabellos ralos empiezan a sudar, se quita la gorra de los Cangrejeros y su mirada viaja, se espacea vagamente de este a oeste. Cuando finalmente fija la mirada para clavarte esos ojos pequeños, lagañosos y hundidos –que son como una súplica–, está a punto de comenzar el cuento, pero casi disculpándose. Tiene entonces el cuidado de chupar los cachetes más de la cuenta, como para destacar el adorno de esa barba de tres días, entre canosa y mugrienta, tiznada con los periódicos que usa Carabine para dormir. El mostacho resulta espeso, los labios se advierten finos por vez primera; la quijada varonil y la nariz aguileña rematan ese rostro que muy bien pudo haber sido el de un joven guapo. Vuelve a ajustarse la gorra y la súplica entonces se convierte en inusitada convicción. (Por aquí se dice que Carabine jamás dice un embuste sin la gorra puesta.) Casi siempre deja caer los brazos, colocándolos algo tiesos sobre la ropa, las manos alcanzando los bolsillos del pantalón, acentúa así esa delgadez que culmina en unas sandalias playeras y sicotudas. Invariablemente usa la camisa por fuera, lo que le otorga a estas confesiones alucinadas ese sesgo de interrogatorio hecho en campo de concentración. Cuando entra en uno de sus trances, junta los pies y cuidadosamente presiona las manos sobre los bolsillos del pantalón, como si tuviera una voz interior que le ordenara una atención aún más rígida. Narra sus embustes como si estuviera recitando una letanía, le otorga a toda la escena los carismas de una visitación pentecostal: «¡Le mamé el culo a las dos, mano, a las dos, antes de echarles el guarapo, porque ya tenía las manos para que me las enyesaran y el queso rancio, que fue a las dos, a Gina y a Iris, porque Gina lo tenía más pelú que Iris, llegué a contarle cincuenta y tres pelos, y eso, y eso que paré de contar en la nies, mano, donde ni es culo ni es crica, que aquello era un paisaje, varón...».

Le pongo oído a Carabine porque él sí sabe lo que pasó aquella noche, la maldita noche en que me lo mataron. Dice que lo vio todo, aunque lo que me cuenta hace germinar en mí ese semillero de dudas que me ha mortificado desde el asesinato. La investigación de la policía no condujo a ningún sitio. Pienso que cuando el caso finalmente se archivó, al no radicarse cargos por asesinato, hacía tiempo que el Bohíque lo había amañado, pagando lo que fuera por desviar las pistas —era obvio que hubo dos atacantes—, comprando a los agentes del Negociado de Investigaciones Criminales asignados al caso. Siempre me sorprendió que la policía no fuera más insistente conmigo, dado el hecho de que los hombres del Bohíque me plantaron el arma criminal. Una gracia percudida de aquel cabrón, sin duda, seguida de una especie de propina para el hermano vivo, los gestos fatuos de un perdonavidas. Todos los protagonistas de la pesadilla han muerto; algunas veces pienso que también yo, o esa parte de mí que me será imposible mirar so pena de no seguir viviendo. Carabine, sin embargo, lo vio todo, y me asegura que el Bohíque no tuvo que ver con nada, y que yo sí tuve que ver mucho con el asesinato de mi hermano Frank.

Él vio cuando le dispararon. También para él aquélla fue una de esas noches intransitables. Carabine no podía dormir, estaba intranquilo, como si algo lo persiguiera en el sueño; vio a Frank dando tumbos por la playa. Dejó el montón de periódicos bajo los que dormía frente al hotel San Juan y decidió caminar, en dirección del hotel Atlántico. Llegó a Punta Grande y caminó el corto trecho entre la calle Bromelia y el callejón Génova; cuando entró al callejón escuchó un frenazo: «Le cruzaron el carro, mano, ahí, justo en la bocacalle. Vi que empezó a correr por el callejón y me escondí detrás de un carro; sabía que alguien lo iba a tumbar. Sabía que era Frank porque minutos antes lo había visto en la playa, aunque estaba oscuro, muy oscuro, tú sabes cómo es el callejón de noche... Eran como las once... Había oscurecido temprano, eso lo recuerdo bien, y tú sabes, uno siempre se queda con la impresión, y hasta sueña, hasta sueña con eso... Pues corrió por el callejón y ahí aceleraron, tremendo ruido; la gente no se despertó porque tú sabes cómo es por aquí, sobre todo en aquella época, nadie ha visto nada, ni nadie sabe nada... Tú sabes, el traqueteo de la droga vuelve sorda a la gente... Pues entonces, cuando llegó al estacionamiento el carro lo alcanzó, y ahí mismo sonó el primer disparo. Se cae en el estacionamiento; sí, se cayó, eso lo vi yo con toda claridad, tú sabes, como en cámara lenta... Tropezó y se cayó... ¿Que si ya le habían zumbado?... Sí; primero sonó el tiro y Frank que se cae... Oí a la mujer gritarle al gatillero, ¡*Zúmbale!*, ¡*zúmbale!* Eso lo oí con mucha claridad, Manolo, con mucha claridad... Eso sí, no la vi bien... Iba guiando... Estaba muy oscuro... Tú sabes cómo era el callejón... Antes de que pusieran las bombillas esas con la luz amarilla... Ya no sé si ahí fue que le dieron, Manolo, eso no lo sé... El mambo es que Frank se levanta y desaparece detrás de la pared esa del patio interior, al otro lado del estacionamiento... El gatillero no se le va detrás, o titubea, ahora no me acuerdo; entonces es que suenan los otros dos tiros... Tú sabes, con silenciador, ese zumbido como seco, pero que también suena, ¡qué te diré!, como amelcochado... Ah, también oí como un ruido entre las matas, como si un perro o un gato corriera entre las matas esas del patio interior... Eso lo oí, también... El primero que sonó también fue con silenciador, casi estaba al lado de ellos, pude oírlo sin problemas, parecía un calibre bajo... Los otros dos tiros fueron gruesos, más gruesos, eran de mayor calibre... ¿Por qué no corrió hacia adentro?... No lo sé, aunque vi cuando el gatillero titubeó... Vi cuando saltó al carro y arrancaron... Y yo eché también, porque la verdad es que me friquié, Manolo, me friquié... Sí, me friqueo y como que corro hacia la playa... Tenía mucho miedo... Pensé, no sé por qué, que volverían para rematarlo... Dos veces regresé a ver si se habían ido, y dos veces que me fui... Tú sabes, estaba arrebatao y con los nervios de punta... Recuerdo haber oído el maullido de un gato... No podía ayudarlo, Manolo... Aunque yo creo que cuando volvió a salir al estacionamiento, y se cayó boca abajo, ya estaba muerto».

Parece que fue así. La autopsia estableció que Frank murió de tres disparos, uno de nueve milímetros y un par de Magnum .357. Eso quedó claro. No resulta extraño que dos de los tres plomos tuviesen marcas de silenciador. En aquella época los silenciadores estuvieron de moda; había cierta afición, al menos aquí en la playa, a eso de matar con sordina; pero el primer disparo no fue con silenciador. En esto Carabine se equivoca.

He recorrido y escudriñado mil veces el callejón Génova, tratando de imaginar lo que ocurrió aquella noche. Nada suena lógico, aunque todo parezca razonable: Por lo visto el primer disparo fue con pistola, los otros dos con el cañón largo con silenciador que al otro día apareció en mi mano. Le pregunto a Carabine si el gatillero corrió al auto cuando vio salir del patio interior a Frank. Me dice que no. Que tan pronto oyó los otros dos disparos, el gatillero saltó al auto y arrancaron, con la mujer al guía. Le pregunto a Carabine si vio a alguien salir del patio, además de Frank... El único que salió del patio interior para caer de bruces fue mi hermano. De hecho, el gatillero —un hombre de mediana estatura, según Carabine, trigueño y de mostacho, con una camiseta negra y tenis blancos, mahones «bell bottoms»— parecía confundido, completamente turbado, al escuchar las voces y los disparos adentro. Insisto en preguntarle a Carabine si pasó mucho tiempo entre el momento en que Frank se levanta, y corre hacia detrás de la tapia, y el momento en que el gatillero se percata de lo que ocurre y arranca... Sí, efectivamente, pasó algún tiempo, porque el gatillero no se decidió a irse detrás de Frank inmediatamente... Como que esperó; o se detuvo porque se lo ordenaron... Carabine estaba agachado, pero me asegura que oyó voces en el patio, que le pareció oír a Frank, que me llamaba... Aquella noche yo estaba tan borracho, tan arrebatado, me sentía tan perseguido... Imposible oírlo... Al otro día no me acordaba de nada, o de casi nada... Fue con el tiempo que empecé a recordar, no sé si lo que me convenía... El asunto es que Frank pareció escuchar algo adentro... Quizás algo o alguien lo hizo volver sobre sus pasos, intentó salir del patio interior al estacionamiento... Carabine me asegura que escuchó a la mujer decirle al gatillero, por lo bajito aunque con mucha rabia: «Zúmbale, zúmbale de nuevo»... Pero el asesino no se movía, porque ya había oído las voces, adentro... El único disparo del gatillero apenas lastimó el hombro izquierdo de Frank. La bala entró y salió, perforó el músculo sin consecuencia. Habría sido una herida superficial. Pero los dos fogonazos, que tan mullidamente retumbaron en el patio interior, le segaron la vida.

Uno le perforó el hígado, el otro le traspasó el pulmón izquierdo y fue directo al corazón, no explotándoselo al instante sino permitiéndole —aún con la hemorragia interna y los latidos fuera de compás, como sorprendidos por aquel ahogamiento— que Frank caminara de regreso al estacionamiento, hasta caer de bruces. Entonces... ¿Por qué aparecieron los tres plomos en el estacionamiento? Sólo debió aparecer uno.

En realidad, era a mí a quien querían matar. Como nos parecíamos tanto, lo confundieron conmigo. De esto estoy seguro. La oscuridad del callejón lo hizo posible. El Bohíque sirvió de cómplice, porque eran sus sicarios quienes estaban en el patio interior, sin duda; fue una trampa doble, laberíntica, una celada doble, y valga el retruécano, porque fueron dos los amantes en celo que se pusieron de acuerdo para la emboscada. Pero, ¿cómo se pusieron de acuerdo para matar y vengarse de hombres distintos? ¿Fue una equivocación monstruosa, o fue una de esas coincidencias que nos hacen creer en el destino?

Ocurrió así: Para aquel entonces me tropecé con la revientacojones más vengativa que he conocido en toda mi vida. Y eso incluye a mi madre.

Se llama Evelyn y era la que estaba al volante —estoy seguro— aquella noche. Se recortaba corto porque presumía de tener más cojones que muchos machos. Además de ser cachapera y fungir de mi amante —disfrutaba demasiado de los cuadros que hacíamos con otras mujeres para percatarme del peligro, lo confieso—, trabajaba como agente de justicia federal, un puesto que consiguió mediante las influencias políticas de su familia. Era pequeña, de mirada intensa, cutis perfecto y belleza mediocre, tenía buen culo, jamás se ponía tacones, usaba tenis, ostentaba bruscos movimientos de agente del orden público, excepto en la cama, donde adquiría una femineidad equívoca capaz de enloquecerme.

Administramos juntos el negocio llamado El Cocal, en Piñones. Ese negocio había sido de Jose, quien compró la llave cuando el antiguo dueño —un tirador de perico del área— lo dejó. Todavía cuando Jose lo tuvo hacía su dinero; ya después no, sobre todo, cuando Evelyn y yo lo atendíamos.

Lo limpié, lo pinté, lo puse en condiciones, raspé del piso de la barra una costra de arena, grasa de frituras y residuos de cristales de perico, capas de cochambre que le daban al sitio un tufo a sicotes, o a experiencia límite. Y aquella sociedad también fue de la carne, porque Evelyn cogió un empingue conmigo como el que jamás he visto, o he vuelto a ver, en mujer alguna. Cuando la dejé saltó esa fiera que yo sabía agazapada dentro de ella. Pensó que la había dejado por otra mujer; eso la enloqueció.

Quiso fabricarme un caso por tráfico de drogas. No pudo. Quiso asesinarme varias veces disparándole a la ventana de mi apartamiento. No pudo. Finalmente pudo matarme al asesinar a Frank, al confundirlo conmigo, o quizás no lo confundió, se confabuló con el Bohíque y simplemente pensó que matándolo a él me dañaría la cabeza para siempre: no se equivocó aquel ser diabólico. Mi culpa calzó para siempre la sombra de Frank.

Y todo porque la clavé como nadie, jamás ni nunca, la había clavado. Sí; la venganza de aquella trituradora de testículos fue porque en mí encontró su pinga dorada. Sólo con aquella mujer llegué a pensar que mi pieza era capaz de enloquecer a alguien. A ella sí que la enloqueció. Y le costó la vida a Frank. Mi hermano tuvo que pagar con su vida el único gran éxito que he tenido con mujer alguna, a él que le llovieron las muy cabronas. Pero eso sólo explicaría uno de los tres plomos. También pudieron dispararle desde adentro, y los tres plomos jugar carambola con la tapia que da entrada al patio interior, hasta rebotar y caer en el estacionamiento. Eso es posible. Eso es posible. Algo aterró a Frank —estando en el patio interior— y lo llevó al intento de salir por donde lo esperaba la certera puntería de Evelyn. Eso explicaría, nuevamente, los tres plomos; Carabine estaba agachado, por eso no vio esta última movida… De todos modos, seguramente fue que vio a los hombres del Bohíque ahí agazapados entre los arbustos del patio interior. Algo vio que lo llevó a muerte segura. Fue una emboscada doble, la conspiración de dos gargajos enloquecidos por el despecho.

Lo que también me asegura Carabine es que antes de verlo al final del callejón, a punto de salir corriendo hacia acá, hacia el patio interior donde yo vivía en aquel entonces, él lo había visto en la playa, sí. Hacía luna llena y Carabine no estaba tan arrebatado como para no verlo:

«Lo vi cuando daba tumbos y trató de meterse al mar, Manolo, lo vi. En ese momento me había despertado con el enano maldito pidiéndome un palo, y yo que echo los periódicos a un lado y allí lo veo frente al mar. De pronto quedó como parado en atención, como se hace en el army, tú sabes; pero algo me decía que lo que quería era meterse al agua, varón, para ahogarse, caminar hasta ya no tocar fondo, aunque tratara de pararse así, tan rígido, como en atención, porque estaba claro que se caía, Manolo, estaba muy borracho, ya estaba enchumbaíto, enchumbaíto, tú lo sabes, porque estuviste con él aquella noche. Cuando me desperté y lo vi en la orilla, descalzo, como murió, con la camisa por fuera y el pantalón sin correa, yo sabía que se quería morir y que, además, estaba abombao hasta el culo».

CAPÍTULO VII

Seguramente Nadja alcanzó a oírme la primera vez. Recuerdo, sobre los estentóreos rugidos de las arcadas, la dulce voz de Nadja... «¿Estás bien, Manolo, estás bien?» En los respiros de la vomitera pude despejar algo de la neblina que aún permanecía comprimida en mi cabeza, al menos lo suficiente como para escuchar a Nadja preguntarme si después del trance desearía una batidita de papaya. Le dije que sí; prontamente supe que hoy no tendría salvación posible con la Viuda; el hígado me rabiaba, y aquellos chillidos de mi abusadito órgano sólo se acallarían con una buena dosis de papase.

Fue una gran borrachera. Recuerdo haberme acostado con la imagen de tener todas las células enchumbadas en alcohol. Pude escuchar el zumbido del veneno que traspasaba mi conciencia, con ese poder que sólo identificamos con la muerte. Caía en el pozo de la inconsciencia más que en la tregua del sueño; temí no despertarme jamás.

Viajando por esos espacios nocturnos que nos sorprenden con la certidumbre de que en verdad no nos conocemos, que hay un lado de nosotros que siempre permanece oculto —como cuando contemplamos la luna llena, ese perturbador sol de medianoche—, me encontré con Roberto el loco. Soñé toda la noche con él, me sedujo aquella conversación absurda que pretendía aclarar algunas de mis dudas, porque los sueños quizás sean justo para eso; de todos modos, en ellos la compasión es más fácil.

Pues sí, soñé y soñé con aquel hermano que dirigió la banda del colegio San Pablo. Recuerdo que en la miasma onírica pensé que Roberto el loco alcanzaba más realidad, allí en el sueño, que en mi memoria. Los sueños logran decirnos esas verdades terribles y a la vez triviales, desechables, no del todo engañosas, pero sí inconsecuentes. Conozco bien los sueños. Los observo como ellos me observan a mí, con esa mezcla de curiosidad e indiferencia, esas dos señas de una objetividad ausente, la más de las veces, del sentimentalismo o la piedad.

Pues Roberto el loco era embustero y musarañero como el carajo, guapo teutón aunque con el pelo castaño oscuro y algo crespo, también hiperactivo hasta un nerviosismo que curaba con cigarrillos Chesterfield; ésta era su manera de atenuar la sangre ansiosa que provocan los votos de castidad; casi todos los otros hermanos recurrían al alcohol... Sabíamos, por ejemplo, que casi no leía música, a pesar de que cogiera la batuta de la banda y asumiera las gesticulaciones y gravedades de un gran director de orquesta. Una vez dijo en clase —también fungía de maestro de Historia— que el tanque Tiger de los alemanes —era un empedernido germanófilo y casi nazi por su ascendencia bávara— era capaz de viajar a noventa millas por hora. Alguien soltó una carcajada y le preguntó cómo era posible... que si los soldados tendrían que ir en motora para alcanzar el tanque... Hubo risitas y murmullos por lo bajito, Roberto el loco le tiró un tizazo al burlón y comenzó a gritar como un nazi desaforado: «What's the meaning of that question?, what's the meaning of that question!». Esto lo podríamos traducir como «¿cuál es la intención!, ¿cuál es la intención de la pregunta!, con un urgente acento paranoico, claro está. Así de repentino, impredecible y patético era Roberto el loco. Sus nervios siempre estaban al borde de la histeria o el ridículo, el muy infeliz.

El sueño tendría que ver con una conversación que jamás olvidó mi lado más lúcido, porque fue una especie de «pep talk», charla para consolarme, darme ánimo después que me degradó al bombo; muchas veces me diría que el becado mulato que aterrizó en la banda, con las manos ya convertidas en ágiles palillos de redoblantes, no era un tropezón importante para mi felicidad. Aquélla fue la primera de estas ocasiones. El sueño reproducía aquella conversación; pero con esa oblicuidad absurda de lo onírico. Esta vez estábamos los dos en el centro mismo del patio interior del San Pablo, y todos los alumnos observaban el encuentro desde unas gradas; yo me sentía colocado en una plaza de toros, obediente a esa lógica visionaria tan peculiar de los sueños. Todos reían y Roberto el loco, en calzoncillos y descalzo, fumaba incesantemente, asegurándome –mientras yo permanecía desnudo y me tapaba los genitales, que él intentaría mirar por encima de su cháchara– que estuviera tranquilo; esto lo repetía y yo no sabía si era por el lado del bombo o por los genitales; bajo aquella gran mitra emplastronada y sucia que apareció en su cabeza como por acto de magia, y que no recordé haber visto al comienzo del sueño, su cuerpo ahora parecía salpicado de sangre, como el de Cristo camino al Gólgota; se acercaba y yo trataba de huir, pero no en pavor sino en la cautela de no quedar contaminado: «Manny –él siempre me decía Manny–, sé lo que estás pensando... Pero, fíjate, el bombo es como la base de la banda, como la alfombra (like the carpet!) o los pilares (like the columns!) de la música de banda; es lo más permanente, hijo, no pienses que es lo más aburrido; el bombo tiene la nobleza de lo que sostiene lo más fastuoso y brillante de la orquesta (all that glitz of the trumpets and the saxophones!), como son las trompetas, los clarinetes y los saxofones. Manny, créemelo –aquí percibí que el tono con que Roberto me hablaba se confundía con el de mi casero Pedrín–, yo también toqué el bombo, y que quede como secreto entre nosotros. Sólo toqué el redoblante cuando la peste bubónica –¡así me dijo!– asoló la sección de ritmo completa de mi banda». Eso me aseguró, mintiéndome, confirmándome, para consolarme, que conmigo pasaría lo mismo; el «bombo player» goza de gran dignidad y merece el respeto de los otros músicos. Cuando me miró a los ojos ya no tardó en desviar la mirada, y entonces no quiso mirarme más. Sentí la tentación de destaparme, sin mayor empacho, los genitales; pero ahí sonó la advertencia a coro de parte del alumnado. Roberto el loco jamás volvería a mirarme a los ojos; aquello lo presentí en el sueño como una catástrofe mayor, y me acongojé con urgencia insólita. Yo sabía que la compasión —y no la lascivia— era una de las debilidades de aquel musarañero que fumaba en cadena Chesterfields sin filtro, y que siempre gustó de contarme cómo él había sido el discípulo preferido de Gene Krupa.

Saliendo del sueño, y del patio interior del San Pablo, aquel convertido en Sangre y Arena, me tropecé con Juan Ramón Jiménez, quien conversaba animadamente con don Jaime Benítez sobre cómo yo había desperdiciado la oportunidad de describir certeramente el jardín de la casa verde de Hashemi. Aquel jardín era de «canteros muertos», proclamaron. Reconocí aquellas dos figuras como fraudulentas y engañosas, y recordé haber leído de los «canteros muertos» en un cuento de Alejo Carpentier, ese antillano cursi y cosmopolita, mi autor favorito durante el primer año universitario. El sueño ya terminaba cuando bajé la cuesta del San Pablo, iluminado por el pensamiento de que siempre quise ser un intelectual, como ellos... Pensé que inteligencia militar tenía que ver con eso, con lograr un buen equilibrio entre las armas y las letras. (A los diecisiete años había leído *El Quijote*.) Al llegar al final de la cuesta me topé con Platero, alarmándome un poco; pero no era la visión del burrito gay lo que me angustiaba en el sueño, sino el hecho incontrovertible de que siempre miraría la vida desde allá arriba, desde la marquesina del San Pablo. La ciudad abajo, extendida hasta el mar bajo un sol radiante, ese gran solar que en la vigilia se llamaba Ponce, era una especie de anhelo incumplido.

Nadja me trajo la batidita. La papaya me había serenado los nervios y el sabor a mierda en la boca, el regusto de la vomitera, se alejaba como la triste cantaleta nocturna de Roberto el loco. Se me ocurrió no saber si fue el alcohol o esa aparición —aquella resaca de la memoria— la causa del malestar mañanero.

Entonces fue que oí la voz. Alguien me llamaba. Tocaban al portón. Después de abrir los candados y desencetar las cadenas —este barrio playero no cesa de asustarnos con sus mozalbetes punkos— pude reconocer la voz de Carlos. Salí en calzoncillos al pequeño patio interior, entreabrí el portón dejando la cadenita del candado. Nadja me gritó desde su apartamiento que alguien me procuraba, le grité que ya iba cuando veo a Carlos allí parado, al filo de la estrecha acera entre el callejón Génova y el portón de mi tapia. Estaba desencajado y lucía una barba de por lo menos tres días. Tenía miedo. Los ojos desorbitados me confirmaron esto último. Se acercó al portón y me dijo, con gran urgencia, que necesitaba hablar conmigo, que nos veríamos en Don Pepe dentro de media hora. Aquello me sonó a orden; pero no respingué, sabía que el hombre estaba aterrado. Cuando se viró para irse, mirando para ambos lados del callejón con la insistencia y aprensión del paranoico, supe que el olor que me fueteó —a calzoncillos usados durante tres días—, y el tufo a ginebra, sólo querían decir una cosa: Carlos estaba abombado porque el cornudo andaba suelto y con el pum pum al cinto.

Acudí a la cita, no sin la molestia de sentirme como un amigo convertido en empleado. Hay que ver con la autoridad que Carlos vino a ordenarme que fuera a Don Pepe. Tal parece que yo le debía algo.

Me esperó en una de las mesitas al lado de la piscina. Tenía frente a sí un croissant a medio comer y un café frío y sazonado con cenizas de cigarrillos, también lo que a primera vista parecía un jugo de naranja y luego reconocí como un screwdriver. Por lo visto había vuelto a fumar Camel sin filtro, su peor vicio durante la buena época de los setenta. Sentí náuseas al notar la cochambre en el café, le pedí a la mesera que lo retirara y no pedí para mí. Ordené un jugo de manzana. Era notable la falta de apetito de Carlos. No insistí en alimentarlo. Apenas tardó en advertirme lo mal que estaba, asegurándome que estaba más que paranoico y metiéndose perico hasta en supositorios. La rasquiña en la nariz revelaba su estado de ansiedad, confirmaba cuán trepado al hombro tenía el mono maldito. Me miraba algo ausente, desde el fondo del neblinar en que lo tenía sumido el dulce coco y el alcohol.

Yo también había usado el contestador de ella para dejarles mensajes que los asustaran. Bien saben ustedes que lo hice por insistencia de la vieja, me justifiqué la ratería pensando que estos mensajes eran sumamente necesarios, para que dejaran el jodido brete y no tentaran más la buena fortuna. Siempre me sentí obligado a hacerlo, al menos moralmente. Pensaba en los hijitos de la pareja, en los hijos de Migdalia y Roberto. Pero ahora, ahora me encontraba, en el cuento que me hacía Carlos, conque la vieja dominicana había contratado a otro TM, *tremendo motherfucker*, para que los asustara. De tener el sartén agarrado por el mango, comencé a sentirme vigilado, perseguido. En verdad jamás me apliqué a la tarea de que no les pusieran un rabo a Migdalia y a Carlos. Alguien los seguía; por lo tanto, a mí también. Aparentemente la vieja me estaba rateando. Cojones, aquel trabajito de asustarlos me perteneció y ahora se lo habían dado a otro. El chapuzón de una gringuita escultural que se zambullía en lo más hondo de la piscina me sacó de lo que era casi un ensimismamiento. Se me encendió la bellaquera, esa lascivia que acompaña todas las resacas. Tenía tanga y a la verdad que tenía un culo precioso, colosal; me pregunté si aquél era un *culo vestito* –por el concepto de trusa o traje de baño– o un *culo accesoriato*, por la tanga. Decidí que era un culo *accesoriato*, lo peor para mi estado de lujuria alcohólica; todavía estaba sudando la pasión etílica de la noche anterior cuando ya me asaltaba el otro hermano asno.

—Me están siguiendo, Manolo, me están siguiendo... Y tú qué has estado haciendo... Te he pagado...

—Tranquilízate, hombre, tranquilo...

Se me fue encendiendo la rabia contra aquella vieja mulata dominicana, la muy cafre, con sus airecillos de respetabilidad fraudulenta y aquel gusto indeciso entre el burdel y un country club de generalotes trujillistas. Era una de esas mulatas señoronas que huelen al otro lado del salón y sueñan con unos cabellos rubios a los que no se atreverían del todo. El color de su pelo era de un castaño, bueno, llamémosle anhelante. Aquél fue un contrato que la vieja montó con alguien, la muy zorra.

—Me están siguiendo, y te he pagado, te he pagado para que eso no ocurra.

—Chico, aféitate, no jodas, cámbiate la ropa interior y no me vengas a joder la vida tan temprano. Mira cómo te tiene jodido el perico ese. Contrólate, que si me jodes mucho te renuncio ahora mismo al caso. No jodas, Carlos...

Pero aun así la dominicana seguía llamándome... Ayer mismo hablé con ella... Me estaba rateando, la muy sucia... Esto me dije al distraerme de la cháchara de Carlos, porque el perico lo tenía locuaz y la gringuita del culo perfecto no dejaba de hacerme ojitos mientras chapoteaba en la piscina. Tomé nota. Esa noche me daría una vuelta por Don Pepe, aunque fuera para acecharla. Siempre me pensé con la paciencia de la pantera, un modo, como cualquier otro, de justificar mi timidez y/o mala suerte con las mujeres. Pero aquél era un *culo venerato*, impostergable, valga el retruécano, para así honrarlo con un sesenta y nueve nocturnal, ofuscante y consecuente.

—No, Carlos, no te siguen... Al menos, no te sigue un profesional. Eso te lo aseguro yo.

En realidad, no podía asegurárselo; jamás me di a la tarea de vigilarlos, justo para que eso no ocurriera.

—Ella me dice que sí, que lo siente.

—Tú sabes cómo son las mujeres.

—Migdalia es una mujer inteligente.

—No lo dudo. Pero no te siguen. Es imposible. Yo lo hubiera visto.

—Tú me informarás con tiempo, nada de improvisaciones, ya tú sabes...

—Tú tranquilo. Lo más importante es que te tranquilices y dejes de beber. Mírate en un espejo, chico, y que tomando screwdrivers a las diez de la mañana...

—«Breakfast of champions», como decíamos en los años locos.

—Aquello pasó, Carlos, aquello pasó; ya no somos jóvenes.

Prefiere que esté casada, sí señor, bien casada. Así, cuando no está con él, es vigilada por el marido. Esto lo tranquiliza; aunque jamás lo expresaría así, de este modo. Es un supuesto que subyace en toda relación adúltera, y esto serena sus nervios de hombre que coquetea con la catástrofe. En esto la lógica de Carlos es singular e implacable, buena razón para mantenerme soltero y en mi consecuente desapego sentimental: Una mujer capaz de engañar al marido también es capaz de engañarlo a él; el marido es la garantía de que alguien siempre le estará vigilando ese apetito desaforado, de que alguien la mantendrá dentro del cerco de lo permisible, cuando no esté con él, claro está...

Carlos sacó una pequeña grabadora de bolsillo y la colocó sobre la mesa. La gringuita se aupaba muy maliciosamente sobre el reborde de la piscina, y sentí el leve asomo de una erección, la ancestral voluntad de traer niños a este jodido mundo. Y la carnada para tales acatamientos a esa loca y ya atropellada sobrevivencia de la deleznable especie, fue que el trasero aupado de la gringuita en tanga casi me permitía verle la nies, *culo è non solo*. Menos mal que tenía puestas mis gafas tapanotas más oscuras, las de los arrebatos y las resacas, porque si no Carlos se habría percatado de lo distraído que yo seguía aquella conversación, aunque ya pronto algo llamaría mi atención, y hasta me alarmaría.

Cuando Carlos apretó el botón para que oyera la cinta del contestador automático, de pronto todo se me aclaró, presentí lo peor y supe que Carlos, Migdalia y yo estábamos en mierda hasta las narices. Al acudir a mí con la grabación, Carlos me invitaba a escuchar la voz de un destino fatal, aunque también trivial, y por qué no, trágico, aunque también de una sordidez grotesca. Algún hijo de puta se había puesto un pañuelo en la boca, dejando las semillas de la duda, la confusión y la ansiedad en el maldito contestador. La voz era ronca y malévola, creo haber reconocido el odio; estaba notablemente alterada por el pañuelo; parecía una grabación vuelta a escuchar en la velocidad equivocada, o era la voz grave, pastosa y derretida del alma en pena, tal y como se oye a través de la médium.

«Oye, mira, Robertito, cuernú, cabrón. Oye, te están pegando cuernos, oíste… si tú vieras, si tú vieras…»

Ese «si tú vieras» venía acompañado por un tono burlón que me enfrió el espinazo. La grabación terminaba con una risotada maléfica, de película de horror. Cojones… La maldad sí tiene un registro de voz, corporeidad, un particular timbre, existe. En el fondo había una gran rabia. Existía un villano, allá afuera, que se las tendría que ver conmigo, pensé algo heroicamente, quizás indignado justo para disimular mi hasta entonces consecuente falta de lealtad hacia Carlos.

—¿Llamará nuevamente?

—Quizás; obviamente el marido de Migdalia tiene un gran enemigo; pasar por todo ese trabajo…

—¿No será la mai? Ya una vez llamó… recuerda…

—Sí, es posible, aunque improbable. Esto ha sido un enemigo del marido de Migdalia, o alguien que la vieja ha puesto a sueldo, para asustarlos.

—Todo esto me espanta, ¡qué peo!

—No es para menos. Ya te lo advertí. Tú no tienes cachasa para esto… Es posible que llame de nuevo. Debemos partir de esa posibilidad. Dile a Migdalia que verifique lo que hay en ese contestador, constantemente… Lo mejor sería desconectarlo parte del tiempo, para que el cabrón ese pase trabajo… Pero no eliminarlo. Eso provocaría sospechas.

—Estuvo a punto de dejarme.

—¿Por qué?

—Por la grabación esta.

—Eso se entiende. La semana pasada fue el día de los padres; le picó la conciencia… También la mortificó esa grabación, por supuesto… Era la primera vez, ¿no?

—Ella dice que sí.

—Ok, dejémoslo ahí…

Justo cuando le dije esto, decidí permanecer hasta después del mediodía en Don Pepe, emborrachándome con Carlos y dispuesto a abordar a la gringuita hasta meterle el tablazo por el *culo martoriato*. Me reconocí y sentí eufórico, me anegaba la impostergable potencia del machismo. No sé por qué carajo. Quizás porque había comprobado, nuevamente, la deslealtad fundamental de las mujeres. Estaba en disposición de ayudar a Carlos. Me animaba el hecho de contemplar la posibilidad de cierta lealtad heroica. Sentía que el hígado estaba perfectamente curado con la batidita de Nadja y el jugo de manzana.

Es más fácil encontrar hombres buenos en los bares que en las iglesias; de ahora en adelante el ingenuo y buenazo de Carlos sería mi única lealtad. Juraba por el trasero venerado de la gringuita que ahora se bronceaba, y por la salud que me daría aquel screwdriver doble que ordené para acompañar la melancolía desesperada de Carlos, que en los tiempos del SIDA la estabilidad matrimonial debe ser concebida como una mezcla de la fidelidad con el servicio público: Me convertiría en el guardaespaldas omnipresente de Carlos; aquello ya era una cosa muy personal contra la vieja dominicana. Le mentiría a la vieja, ya no trabajaría para los dos por igual, me aseguraría de que el cabrón de la voz apañuelada no los seguiría. En aquel momento volvió a indignarme el que la vieja dominicana nos hubiese puesto un rabo a los tres, y a mí no me gusta que nadie me pise la cola, o me husmee el trasero.

CAPÍTULO VIII

Ayer tarde me sentí «atribulado», inquieto; cuando Carabine Commander quiere precisar ese estado de ánimo entre la
congoja y la rabia, habla de que está *atribulado*. Según él,
esta palabra la aprendió de sus padres, unos pentecostales de
la barriada Playita de Villa Palmeras; para Carabine *atribulado* es una palabra bíblica, sabia, de valoración ancestral. Lo
interesante del caso es la precisión con que él describe ese
estado de ánimo en que la desesperación y el coraje germi-
nan en una tristeza formidable. Hay que oírlo para creerlo;
toda la metafísica del Carabine se concreta en este otro
nombre para la melancolía.

Decidí hablar con Nadja, tomarme con ella una de esas
batidas de mangó que me sirve cuando no hay, en definitiva, la urgencia de una curación alcohólica.

Miren que el otro día Nadja me regaló un ejemplar de
Glamour, la revista pornográfica internacional con dibujos
de Manara y Guido Crepax. Muy alevosamente me pasó
ese número dedicado al culo como supremo objeto eróti-
co. Según las definiciones en italiano del *Glamour*, el culo
de Nadja es un *culo d'epoca*, es decir, una suprema pieza
que yo contemplaría, ya para siempre, como contemplo
los nalgatorios de Rubens o los de las postales pornográ-
ficas de principios de siglo: la provocación es más la del
asombro nostálgico que la de esa excitación sólo posible
cuando estoy convencido de que ese trasero particular no
hubiese sido totalmente del gusto de mi abuelo. Los pre-

fiero contemporáneos, actuales, con ese sesgo nervudo que les otorgan los deportes playeros, sin que esto sea a expensas del aprecio de lo perfectamente combo, levantado, de lo bella y sensualmente redondo, sí, hasta excesivo en sus casi imperceptibles tembladeras. Soy un romántico sin ese gusto nostálgico que desemboca en la necrofilia pornográfica.

Pero ayer tarde Nadja no rezumaba ni pizca de sensualidad, inclinada como parecía hacia un disparadero que nos llevaría a sitios impredecibles, ya verán.

Es que Nadja quería hablarme del suicidio, uno de sus temas favoritos. Aunque, en realidad, no se tratase del suicidio como gran tema sino como lo que siempre es para los temperamentos verdaderamente autodestructivos: sólo se trata de una técnica para ya quitarnos del medio; alguien señaló que el verdadero suicida está más interesado en las herramientas, procedimientos y ceremoniales del evento que en cualquier teoría de la desesperación:

—En realidad no necesito seguro social, porque ya sé cómo voy a terminar —sentenció Nadja.

Se mecía en el sillón con la pasta que hubiese tenido mi abuela al darle su receta de flan de coco a la vecina. Yo sostenía mi batidita de mangó en la perfecta incredulidad, creo que se me notó en el modo de abrir las piernas y desfallecer los hombros. Me sentí ancestral, hasta antiguo, como quien escucha el oráculo de una Venus rupestre. Sólo tuve ánimo para interrumpir con cierta socarronería:

—Sí, ya sé, pero qué ideas nuevas tienes... Cuál es la más reciente, a ver Nadja, cuéntame.

—Tirarme al mar y que me coman los tiburones.

—Eso es difícil. Intenta algo más valium... menos macabro...

—No; eso es lo que quiero.

—Será una muerte terrible; además, ¿tú sabes nadar?

—Sí.

—Pues entonces no te hundirás. Mantenerte abajo será difícil.

—Precisamente eso es lo que no quiero. No quiero ahogarme; quiero que me coman los tiburones.

—Por aquí no será fácil; el arrecife evita la entrada de tiburones. De día apenas entran pejes grandes. A menos que lo intentes de noche…

—Perfecto, así no tendré que nadar mucho; yo lo que quiero es que me ataquen mientras estoy en la superficie.

—Pero estarías flotando…

—Sí; flotando con mi traje de encajes y frufrús…

Se trata de un traje absurdo que Nadja usa cuando decide vestirse para alguna actividad elegante. Con ese traje parece una enorme muñeca vestida para la nochebuena que jamás llega. Remata los encajes, volantes y fruslerías con los tacones dorados. Parece una Alicia sin el país de las maravillas, la Cenicienta sin la urgencia de convertirse en calabaza; le faltaría el lazo en la cabeza para acceder a algún reino mágico. Pero la pobre Nadja es incapaz del lazo, no llega a tanto, se queda del lado de acá, en esa rabia tan «atribulada», que aquí en el hospitalillo compartimos con los fenómenos de feria y los irascibles payasos enanos.

—Demasiado cruel; ¡cómo desear tanta violencia contra tu cuerpo!

—No es tanta. Son varios mordiscos, y ya…

—Eso es lo que tú te crees. Si te tocan de los grandes es un destazajo terrible, y por las noches casi siempre entran los grandes… Una noche, ahí en el embarcadero del Hamaca, sentimos el tirón de uno que parecía enorme. Estábamos buscando que picara una gata, o algo así…

—¿Qué es una gata?

—Es un tiburoncito pequeño, y mellao…

—No me conviene.

—Pues estábamos en ésas cuando sentimos aquel halón… Y si te toca uno de los pequeños serán muchas las mordeduras… Te desgarrarán, porque el tiburón no corta sino que desgarra. Además, ¿cómo llegarás a donde están?

—En yola… Y que me joda pa'l carajo.

—Ya lo tienes todo muy pensadito.

—Pero también puedo flotar como una doncella prerrafaelita... No; mejor en yola y entonces me tiro al agua.

—¿Quién te llevará?

—Iré sola... O me llevas tú, o Carabine, o si no Tony, o Rafo... Aquí todo el mundo me llevaría. Todos ustedes entienden la pendejada.

—No creas. Te queremos mucho.

—Pues iré sola.

—¿Tendrás la fuerza para remar? Sacar una yola ahí en la playa no es fácil.

—Ay, no jodas, Manolo, matarse no es tan difícil.

—Eso digo yo. Tú quieres convertirlo en una película de horror con las vestimentas de un cuento de hadas.

—Que se joda.

Justo al atardecer decidí caminar por la playa. Caminaría en dirección al condominio Mundo Feliz, éste queda después del cementerio Fournier; era la única manera de sosegar mi corazón acongojado. Llegaría a ese sitio donde ya me sería impostergable el recuerdo de la noche intransitable. Iba en busca del recuerdo de Frank; eso lo sabía. El cielo dramático en sus praderas invertidas, con esos truculentos valles morados, repentinamente anaranjados y ya luego rojizos antes de capitular ante la oscuridad violácea, los atardeceres dramáticos del otoño caribeño, toda esa tristeza, me seducían.

Llegando a Mundo Feliz recordé que Frank vivía, en aquel entonces, con una chamaca de algunos veinte años; se llamaba Laurita. Ya estábamos para cumplir los treinta y eran múltiples las heridas; necesitábamos la frescura porque ya teníamos el olor a cenizas, sobre todo Frank. Era una muchacha tierna, linda, algo neurasténica, la hembrita equivocada para un atleta de la cama como Frank, quien ya había empezado a salir clandestinamente con Linda —la cortejita de Bohíque— y también se estaba metiendo cantidades industriales de cocaína. Cuando no tenía cerca el dulce coco, le entraba una congoja y un llanto que daba pena, pedía que le consiguiéramos perico con una orfandad que partía el corazón, refiriéndose al trance con su droga favorita como una afrenta personal: «La mama coca, mama coca se me ha ido». ¡Cielos! Qué jodido estaba en aquella época terminal. Una noche, en un arranque de locura y paranoia típica del coquero, cogió el gato de Laurita y lo tiró vivo al horno, subiendo la temperatura a 450° asado, *broil*. Los maullidos eran espantosos y lastimeros, según contaba Laurita; todas sus lágrimas y gritos, sus puños y llorosa histeria, fueron incapaces de moderar el corazón cruel de Frank. Al gato se le derritieron los ojos y se le salió buena parte del líquido encefálico por nariz y orejas, orinándose mientras la pelambre le restallaba con ese particular sonido de las palomitas de maíz al cocinarse. Esto me lo contó Frank, quien lo vio todo a través del cristal del horno, y con una curiosidad alegre. Así fue que Frank perdió a Laurita y afincó con Linda. La tristeza y la desesperación ya no lo abandonarían jamás.

Linda era todo lo contrario. Mujer más vulgar jamás he conocido, tenía ese desenfado y esa desfachatez propia de los adictos a droga cuando la cabeza se les empieza a convertir en papas majadas. Si estaba en la playa con traje de baño y había varios machos, era incapaz de no echarse a un lado la horqueta de la trusa para enseñarnos el bollo, su apestoso montón de pelos. Cuando no estaba el Bohíque se quejaba de que éste tenía la pinga chiquita y apenas la llenaba. De Frank decía: «Ese sí que me la llena, con ese cabezón soy capaz de venirme en ristra…».

Así gustaba de ofender; una tarde tuvo aquella famosa pendencia con uno de los vecinos ricos de Punta Grande, pues ocurrió que en uno de sus arrebatos de marihuana la cogió, se enfrentó, en medio de la calle, con la señorona del fulano. Bastó que la doña hiciera alusión a la «nota» de Linda para que ella contestara «Y tú con envidia, vieja comemierda», mientras se le enroscaba por el cuello. Aquella tarde el marido llamó a la policía y la acusó de acometimiento y agresión grave. Al otro día retiró la acusación: Aquella noche el Bohíque mandó a Linda y a Frank, con el respaldo de dos de sus más implacables gatilleros –después de envalentonar a los cuatro con una buena dosis del mejor perico–, a que le hicieran el acostumbrado «trabajito» al Jaguar último modelo del marido indignado. A batazos Frank le abrió un hueco en el parabrisas delantero y esta vez la Linda, la bella y delicada Linda, espetó la cabeza degollada del lechón sin asar, aún con la pelambre, en el boquete. Todo el barrio oyó el escándalo, la risería de Linda y Frank, aquellos muchachos traviesos. El marido burlado no se atrevió a salir hasta que amaneció.

Eso sí, la Linda tenía uno de esos rostros en que la belleza perfecta supone algún tipo de oscuro poder. En sus buenos días de sobriedad, o cuando no estaba resacosa, aquella blanquita con piel de porcelana, cuya limpidez sólo era dañada por la vulgaridad de un cabello rubio platino oxigenado, cobraba el aura espectral de cierta fatalidad que siempre nos atrajo. Cuando el Bohíque se enteró del brete con Frank, y mandó a sus sicarios a rociarle ácido en la cara, pretendía acabar con aquel poder que todos sabíamos maléfico, él más que nadie.

Toqué a la puerta y lo oí hablando solo; así supe que estaba en uno de sus arrebatos. Me abrió la puerta con cautela, entonces me sonrió con cierta idiotez en el semblante; revelaba ese estado de estúpida saciedad que caracteriza la fuma de marihuana. Estaba descalzo, barbudo, con el pelo largo y cochambroso; vestía unos mahones acampanados cuyos ruedos lucían excesivamente largos y absolutamente flecados. El olor a pasto en el apartamiento era insoportable. Ese vaho acre sólo era superado por el tufo etílico que emitía toda la humanidad semidesnuda de mi hermano. Remontaba lo más alto de la nota; esto lo sé porque ya había empezado a discursear compulsivamente sobre la guerra de Vietnam, esa aventura central de su vida, su mejor y peor momento.

—Tú no fuiste ningún mierda. Fuiste un hombre valiente.

Aquélla era una siniestra y jodida rutina, un ceremonial lacerante y agotador. Él lastimaba su autoestima y yo la curaba; le untaba el mercurocromo, volvía a limpiarle la llaga con alcohol, le colocaba las vendas. Aunque fuese mi querido y dolido hermano, me sentía como un sirviente.

—Es que estaba como impotente, tú sabes... El gunner de un helicóptero padece siempre de un complejo de inferioridad, porque no está en el ground, porque los otros están bien jodidos abajo en la selva, y yo acá arriba, sintiéndome dueño de todos esos mierdas allá abajo, tú me entiendes...

—Hacías bien tu trabajo, hombre. El gunner salvó muchas vidas desde allá arriba... En esa guerra eso fue así.

—Mierda, no hay nada que compare con los cojones de un soldado de infantería.

—Ya no empieces a torturarte, Frank, ya no empieces.

—Éramos unos comemierdas, bien pendejos que fuimos, la gente más obediente de toda la fucking guerra. Por ejemplo, en la frontera con Camboya no podíamos disparar, pero los chinos nos zumbaban... Y yo decía fuck it, fuck it, yo voy pa'encima. Le quitaba los tracers a las balas y zum, zum, zum, zum.

(El lenguaje onomatopéyico fue una de sus herencias vietnamitas.)

—Eres un titán, un jodido titán.

—No te rías, te lo advierto, Manolo, no te burles de mí... Coño, Manolo, a dónde puñeta voy a parar si te ríes de mí...

Ahí me zumbó con una lata vacía de cerveza y se echó a llorar. No me alcanzó. Yo sabía que la única manera de tranquilizar aquellos nervios encrespados sería hablándole sobre la guerra, ayudándolo a que restaurara en su espíritu un equilibrio que ya resultaba imposible, porque habría tenido que regresar a la escena del crimen; es la única manera, y de eso yo sí sé.

—Las ametralladoras, cuéntame de las ametralladoras...
¿Eran manejables?

—Sí, muy livianas, hasta te las podías poner en el muslo;
eso era algo que hacíamos mucho los door gunners.

—No me hables mierda.

—Coño, Manolo, mano... No me atribules.

(Frank también conoció al Carabine Commander.)

—Y ¿a qué altitud bajaban?

—Bajábamos como a cien pies, Manolo; no podíamos
subir mucho porque entonces no matábamos a nadie... Había mucho follaje, como en El Yunque... Por eso fue que
echaron el «agente naranja» en El Yunque, de verdad. Teníamos que bajar, Manolo, teníamos que ponernos ahí, casi
a ras, mano, para zumbar, conque te digo que yo les veía
hasta los ojos; podía hacer «body count» porque en el 1968
los helicópteros eran grandes, viejos y lentos; aquellos helicópteros parecían mulas cargadas y, claro, ya tú sabes, era
más peligroso; tú sabes que eso era así, Manolo...

—Y después, ¿qué vinieron?

Aquélla era una ceremonia íntima y macabra, un diálo-
go construido a base de cierto entendido tácito, oculto, casi
obsceno; la repetición de la historia sería el modo más pre-
cario de exorcisarla, o, al menos, de aplacar su ferocidad
neurasténica.

—Después vinieron los Cobras, que volaban como si fueran pájaros empericaos.

—¿Cómo se llamaba el helicóptero pesado?... el más pesado...

—Ah... ésa es fácil; se llamaba el Huey.

—Y con ése era que podían hacer un body count más
fácil...

—Así era, Manolo, así era, porque no era por, tú sabes,
mano, no era por morbosidad que contábamos; era que nos
obligaban y, de todos modos, por arriba, bien arriba, había
un general, un general de gafas oscuras, haciendo «survei-
llance», llevando un conteo con los tracers... Es que no po-

día estar más tiempo, Manolo, ya tenía los nervios malos... No podía reenganchar, y tú lo sabes.

(El general de gafas oscuras era la imagen perfecta de su alucinante paranoia.)

—Fuiste un buen hombre, Frank, un hombre valiente; los door gunners fueron los que ganaron esa guerra.

—No la ganamos, Manolo, tú bien sabes que no la ganamos. Ésa es la jodienda; eso fue lo que nos clavó para toda la fucking vida.

Aquí siempre se echaba a llorar y empezaba a suplicarme, al borde de la rabia, que no fuera condescendiente con él. Entonces volvería a su privado círculo vicioso de autoconmiseración.

—Es que un año era suficiente. Manolo, coño, un mierdero año, lo otro hubiese sido joderse. Sólo estuve año y pico y ya tú viste.

—Lo hiciste bien, Frank, fuiste un valiente.

—Les veía hasta los ojos, Manolo, hasta los fucking ojos; y con el más lento resultaba todavía más fácil contarlos...

—Eso ya me lo dijiste.

—Pero me afectó, tú sabes que me afectó, cojones, recuérdalo, éramos dos chamaquitos cuando entramos a la universidad y de repente, pum, pum, pum, zaz, zaz, zaz, para Vietnam, cojones... bien estoy, Manolo, bien estoy... Y tú lo sabes.

—Fueron los generales de gafas oscuras los que perdieron.

—Es lo que yo siempre he dicho, Manolo, es lo que siempre te he dicho, precisamente, había mucha jodida regla en esa guerra, como no poder disparar hacia Camboya. Eso es absurdo; si nos estaban zumbando a nosotros... Les quitábamos los tracers para poder defendernos... Pero los generales de gafas oscuras seguramente llevaban un conteo más exacto, por medio de los tracers... Ése era el body count más jodón, más exacto, entiendes... ¿Tú ves esta granada?

Aquella granada ceremonial fue la misma que después recibió Hashemi como herencia. Frank ya la había vuelto inofensiva, vaciándole la pólvora y quitándole el detonador. Hashemi luego le otorgaría un nuevo mecanismo mortífero o, al menos, la mala fama de estar nuevamente viva. En realidad, no sabíamos; pero cuando Frank la tuvo era simplemente un souvenir macabro.

—Cuéntame.

—Hacíamos un coctelito con esparadrapo o tape, tú sabes, tape eléctrico... Y lo del coctelito era porque cogíamos una granada de concusión y otra de fragmentación, además de la incendiaria, y las tirábamos a los sitios en las aldeas donde se suponía hubiera francotiradores... Ahí volábamos bien bajito... La aldea entera cogía fuego. Se veía bonito aquello, Frank, créemelo, bien bonito, como si aquellos anaranjados se alzaran en cámara lenta, y cuando nos arrebatábamos con pasto era todavía más...

Era necesario sacarlo, ¡ya!, de aquella evocación en espiral, que siempre terminaba en el extravío, la violencia o las recriminaciones que me convertían en la causa y el efecto de una culpa esencial, apenas concreta, porque se trataba de una rabia que se alimentó de un cautiverio insólito, el de no saber por qué su vida había transcurrido tan a la deriva, con fortunas tan encontradas, sin la lucidez de un sí o un no terminante; él y yo, siempre, contemplando el lado oscuro de la luna, adivinando el reverso de nuestro destino cruelmente manifiesto, así se nos fue aquella vida tan oscura y torpemente compartida... Entonces, hablarle ahora de Linda sería una buena transición al presente, para entonces colocarlo, ya con toda premura, en el camino de la infancia, ese lugar que ambos compartíamos como nuestro único refugio, porque, extrañamente, sólo en la ya lejana niñez logramos entrever algo de esa esquiva ternura que jamás conocimos del todo.

—¿Cómo vas con Linda? Desde lo del Jaguar sólo oigo comentarios... Debes cuidarte. El Bohíque te mandaría a tumbar y tú lo sabes.

—Para eso tengo mis cañones, y con silenciadores, viste...

Me señalaba la armería que tenía regada por el piso del apartamiento; los ojos se le iluminaban. Frank era un entusiasta amante de los revólveres, sobre todo, de los de gran calibre y con silenciadores enormes. Me mostraba su Magnum .357 con silenciador como Tony Puma se ufanaba de sus arpones para cazar esos tiburones que lo aterraban: en ambos hombres aquellas armas inútiles cobraban un significado melancólico, como si en realidad fueran los dedos acusadores de un miedo sólo capaz de contemplarse parcialmente, aunque, eso sí, con el anhelo de cierta heroicidad a que lo obligaba una imagen bastante equivocada de ellos mismos. La aventura sólo era del deseo, de la imaginación; como el onanismo, se trata de un substituto patético, aunque nada bochornoso para gente tan solitaria y temerosa.

—Deja a esa mujer. Es un cuero.

—No hables así de ella, coño, Manolo, no hables así de ella, estás cabrón.

El decorado del apartamiento consistía de dos mesitas parsons y varios cojines tirados por el piso. Las paredes estaban en blanco y siempre había un televisor prendido con la efigie de un jefe indio sioux. Fue la primera señal que tuvo la televisión de Puerto Rico, cuando empezó, allá hacia 1954. De noche, al atardecer, justo en aquel momento neurasténico que transitábamos, la pantalla iluminada del televisor cobraba cierto dominio espectral y perturbador, una urgente presencia de voraz vigilia paranoica. Esa programación única, fija, la había conseguido instalándole una caja de UHF al televisor. Le había costado un dineral; Frank me ripostaba que la señal era capaz de tranquilizarlo y que, además, le recordaba nuestra infancia. La señal consistía del jefe indio sioux en el centro de la pantalla, adornada con rayos de distinto espesor que remataban en esferas; siempre me aseguró que mirando al indio lograba su estado de ondas cerebrales alfa. Yo le preguntaba si aquello tenía algo que ver con el vodú, la magia negra o la botánica; me decía que no. Las mesitas parsons casi siempre sostenían una caja con pedazos de pizza a medio comer, y muchas latas de cerveza abolladas en parejas —dos para cada mano— por aquella fuerza descomunal que Frank tenía en las muñecas; aquél era su único ejercicio físico, por lo que ya le asomaba la panza de la medianía, de la mediocridad y el aburrimiento antes de las primeras biopsias.

—Aléjate de esa gente, Frank, aléjate.

—Tú sabes que no puedo. El Bohíque tiene poderes. Por eso viste siempre de verde, que es el color preferido de Satanás. ¿Sabías eso?

Me acerqué al barandal, me inquietaba que Frank estuviera, en aquel balcón, tan cerca del vacío.

—Mierda, Frank; eso es mierda. Tú eres un buen hombre, un hombre valiente, ¿cómo te vas a dejar impresionar por tanta caca!, que si misas negras, que si esto, que si lo otro, que si los barbecues esos que hace en luna llena.

—Como la que tenemos esta noche, Manolo...

—Esto no es ninguna ceremonia de ésas, Frank, tranquilo, no te agites con eso. Simplemente estamos conversando.

—Adónde iré a parar, coño, Manolo...

—Te curarás, ya te curarás; pero primero tienes que dejar el palo y el perico. Fuma pasto, chico, eso no te hace tanto daño, date a la cerveza de vez en cuando, pero nada de hard liquor, ni de coca.

Entonces, aquél era el momento ideal para que Frank evocase a papá. Lo vi dirigirse al centro de la sala con esa intención que reconocí inmediatamente. Era una loquera suya, y un tierno entendido para nuestra masculinidad lastimada, como si fuera la seña de una complicidad que también sería, supongo, el fundamento más antiguo de nuestra lealtad, tan perfecta, de nuestro amor contradictorio, tan herido por esa enormidad ciega y rabiosa, colocada entre nosotros, la hermandad, habernos conocido a tropezones, allá en el vientre del alacrán.

Con sus cabellos largos y grasosos, con aquella tupida barba de tocones que le daba a sus facciones perfectas, y aún lozanas, el carisma de una belleza desesperada, poderosa, culminada por unos ojos verdosos de iluminado, Frank se colocaría en medio de la sala y empezaría a simular arcadas, como si fuera a vomitar. Sólo yo lo sabía; era la imitación, algo burlona y cruel, que hacía de papá; aquel gesto se convertía en invocación de nuestro varonil destino común, porque era un intento por alcanzar el recuerdo de cuando el viejo llegaba borracho y casi siempre se vomitaba en la sala. Apenas le daba tiempo de llegar al baño. Aquélla era su marca de fábrica como borracho.

Cuando se perfumaba mucho y escrutaba el almidón en las alforzas de la guayabera, mi madre sabía que estaba de zafra. Aquel bambalán adorable entonces llegaba dando traspiés, con la guayabera vuelta una miseria, disfrazando el olor a la otra con el fumón etílico y rebuscando, con sus vómitos, en la siempre ausente compasión del alacrán. El viejo siempre me decía, porque yo era el de mayor capacidad y madurez: «Coño, Manolo, todo el mundo piensa que yo le he jodido la vida, que ella es la víctima; pero es al revés, es al revés, te lo aseguro; pero aun así la quiero, porque toda mi vida ha sido un intento por alcanzar una ternura que no está ahí, que simplemente no está ahí». Y me los imagino en la cama, ella con sus cruces a cuestas y el viejo con las de él... palpándose, tentándose con timidez en la oscuridad, en esta oscuridad que Frank y yo heredamos.

Entonces, consumadas las arcadas, tenía que decirle *el viejo está con nosotros*, porque aquello era sólo el comienzo de otra evocación, o sea, las noches intransitables de los tres: A Frank y a mí nos daban ataques de asma más o menos para la misma fecha, hacia nuestro cumpleaños; papá siempre nos cuidó, observaba nuestros jipíos nocturnos, asegurándose de que tuviésemos a mano el vaporizador, o la bombita del bronquiodilatador. El alacrán jamás lo hizo, nunca se levantó para socorrernos. Era como si aquella mujer odiara nuestra infancia. Ahora nos sabíamos en otro tipo de noche intransitable y evocábamos, de aquel modo tiernamente burlón, el espíritu de nuestro querido padre. Sabíamos que el muy bambalán llegaría pronto, quizás hasta por los aires.

Fumamos pasto y acabamos de arrebatarnos con sendas botellas de Guinness cabeza de perro. Adentrados en la neblina, la conversación tomó los rumbos sospechados de la extinción en el océano. Arrastramos los cojines, nuevamente nos mudamos al balcón del apartamiento, y entre nosotros se colocó una inquietud que identifiqué con lo diabólico, porque sabíamos que, ya muy pronto, nada nuestro –ni siquiera la memoria– nos pertenecería del todo. Pero apechamos. Éramos guerreros sin guerra, aventureros ociosos, destinados a visitar ese lugar único que es la infancia, las noches de asma.

–Veo venir al viejo, por los aires –proclamé.

–Ya pronto estará con nosotros –me dijo Frank con una certeza que me hizo sospechar que él tenía un manejo superior de nuestro destino.

–Quiero que venga, lo necesito.

–Él estará aquí; pero no me dejes solo, Manolo, esta noche no.

Con esa súplica supe que yo había rescatado para mí el gobierno, la poca cordura, de la noche. Entonces Frank habló sobre el suicidio.

–No me hables, no me hables de eso… –le advertí.

–Me tienes que ayudar, Manolo, me tienes que ayudar a pensar la mejor técnica; sé que tengo los días contados, el Bohíque ya me tiene en la mirilla y quiero escapar.

–Vete, múdate, habrá otras playas donde puedas curar tus heridas… Me alegra saber que Linda no te seguirá… Vete a Boquerón… Lejos de ella…

–Eso no lo sé. Supongo que está empingada la muy puta. Quizás me siga…

–Búscate a Laurita, tráela de nuevo.

—Eso se jodió.

—Dale otra oportunidad; pero tendrás que dejar ese crowd de allá abajo; la gente de Punta Grande te trae jodido.

—Ya he visto demasiado, Manolo, demasiado, como esas misas negras que me han jodido para siempre, no sé, adentro, Manolo, adentro, aquello que los curas llamaban el alma, ¿te acuerdas?

Desconfié mucho de aquellas palabras de Frank y, en verdad, nunca supe por qué. Estaba llevándome a convicciones peligrosas, como la certeza de que había un lado de él que yo jamás alcanzaría. Eso me atemorizó. No queremos ver lo que casi no es real, eso que nos resultaría, de todos modos, invisible. Entonces reconocí, de un modo urgente, lo mucho que nos parecíamos y lo terrible que sería sabernos separados. Pero aquella noche ésa sería la única manera de protegernos. Un frío, la muerte chiquita, me subió por el espinazo. Era mejor reconocerlo así; por eso le comenté: «Tengo miedo. Siento cerca, muy cerca, esa procesión de gente mutilada que llevamos dentro, Frank...».

—A mí me pasa lo mismo —aquí sacó un cigarrillo Camel sin filtro y ceremoniosamente se lo llevó a la boca; por el gesto deliberado, que me recordó el de Carlos con los mismos cigarrillos de la buena época, supe que estaba en las de echar a correr el miedo, así, casi para divertirnos, como hacíamos cuando niños—; es como si el horror de Vietnam, Manolo, me estuviera alcanzando de nuevo, pero sin, tú sabes, esa cosa de saber que cualquier paso que des podría ser el último. Lo único que no tiene es esa urgencia, Manolo, esa cosa que te acecha, que te persigue... Pero es el horror, Manolo, de todos modos es el horror que conocí en Vietnam, y ya me siento como que estoy de frente, de cara a una brisa fría que me llega a los huesos, y que me ablanda las rodillas, Manolo, sobre todo las rodillas. No hay urgencia, apuro, porque quiero nadar hasta ahogarme, huir... Irme pa'l carajo, Manolo, flipearme pa'l carajo... Eso es lo que quiero hacer.

—Eres muy buen nadador. Tendrías que estar bien sonado por la droga y el alcohol...

—Fíjate, nadaría hacia Islote Caballo, lo tendría como blanco.

—Ahí tendrías que nadar sobre el arrecife, buscar la marea alta; dudo que sonado como estarás puedas saltarte el arrecife.

—Sí; tendría que ser de noche, con marea alta y luna llena.

—Como esta noche.

Cuando dije aquello supe que estaba poseído por el otro, el maléfico. Me vi traspasando el neblinar hacia la maldad, me entendí en una compasión duramente vengativa, capaz de hacerme llorar de culpabilidad durante toda la noche.

—Sí, como esta noche. Mira cómo está el cielo, clarito... El islote se ve con claridad, no habrá problemas. Será cuestión de ver cómo preparo el coctelito —sentenció Frank con un tono alucinado, aunque también fingido. Entendí que me imitaba, y con algo de rabia, adentrándose en el resentimiento contra ese hermano que pronto lo abandonaría.

—Empieza con vino y pasto.

—Guinness y pasto; eso ya lo tengo...

—Como quieras. Entonces vendría el Percocet, no, mejor el Ativan, para que te tranquilices, te niveles, y luego el Percocet, que es como un anestesiante.

—De todos modos sentiría las mordeduras de los tiburones.

—No seas mamao, el Percocet sería para las picadas de aguavivas.

—¿Tú crees que yo podría nadar hasta allá con esa nota?

—Yo creo que sí... Sería cuestión de que también te espetaras una Dramamina. Así no vomitas, y mantendrías el buche encendido con la droga y el alcohol.

—Dramamina...

—Sí; es el detalle brillante, fíjate, Frank, es el detalle brillante... la Dramamina evita que te marees y vomites toda esa basura; es lo que te retiene el veneno. Aunque no fuera en el mar...

—Eres un genio, Manolo, eres un jodido genio.

—Dramamina, that's the name of the game.

Ya me reconocí poseído, entregado. Disfrutaba mortificándole la cabeza con esas recetas. Además, sospeché que él tendría de todo menos Dramamina. Librium o Xanax por Ativan... el Percocet sabía que lo tenía, la Guinness por el vino... Pero no tendría Dramamina, eso no. Y estaba convencido del estómago débil de Frank; tan pronto se llenara de pastillas, vomitaría; en eso del estómago débil se parecía a papá, y también a mí; los tres siempre fuimos borrachos sin el talento de un gran estómago.

—No quiero despertarme en medio del océano, Manolo, no quiero.

—Eso no va a pasar, créemelo. Pronto caerías en una somnolencia, y el vino te serviría de vaselina. Te deslizarías...

Volvió a sonarme extraña mi propia voz. Alguien, igual de antiguo que yo, hablaba por mí.

—Me deslizaría...

—Sí, y si te despertaras en el oleaje, que lo tendrías de frente, tragarías mucha agua, y sentirías náuseas; pues para eso está la Dramamina, ¿lo ves ahora?

—Esta misma noche lo intento.

—Déjate de pendejadas, Frank, déjate de pendejadas. Un moto más, otra Guinness y yo me largo.

—¿Sigues viviendo en las casitas de Pedrín?

—Sí; por cierto, ¿qué piensas hacer con tu apartamiento? Hace varios meses... Pedrín me preguntó... Le debes dos meses.

—No sé; volvería allá. Tan pronto se enteró de mi brete con Linda, Laura me pidió que me largara. Este apartamiento es de ella...

—Ya lo sé.

—Pero si esta noche lo intento...

—Ya quítate eso de la cabeza. Lo del apartamiento hay que arreglarlo con Pedrín... Te pago un mes, pagas tú el otro. Después de eso te largas pa'l carajo, te largas lejos de aquí, lejos de esta playa.

—¿Ya te vas?

—Uno y uno para el estribo... O una Guinness y medio moto... ¿Te acuerdas del uno y uno?

—Sí, Ponce, 1953...

—Te acuerdas que llevaban aquellas cajas de madera con tapas de cristal, llenas de bacalaos fritos y guineos sancochados, y uno se acercaba y pedía el «uno y uno».

—Sí; a mamá le gustaba bajarnos a la calle a comprar bacalaítos...

—Cosa extraña, te acuerdas Frank, se le iluminaba de alegría el rostro cuando oía al fritanguero y nos gritaba que lo llamáramos... ¿Te acuerdas?

—Sí.

—Posiblemente era un recuerdo de su infancia.

La conversación se fue a la deriva, según los caprichos de la droga; así tenía que ser. Pero ya me sentí un poco cansado de hablar tanta mierda.

—Me voy.

—No, no te vayas, Manolo, no te vayas, te necesito, yo no puedo pasar la noche solo. No puedo pasar esto solo.

—No me manipules, tú sabes que no me gusta... Duerme; si quieres añadirle al coctelito dos Seconal y una pastilla extra de Dramamina... Pero no me jodas la cabeza... No me hagas sentir culpable.

Siempre he vivido asustado por mi propia crueldad, que es la sombra del jodido alacrán; de esto estoy seguro. Sintiéndome dueño del destino de los dos, fui duro e implacable. Aunque también diría —en justicia para mí, sí, hay que decirlo, porque si no reviento— que esa noche andaba como poseído. Por mi boca hablaba una voz gorda y a la vez burlona, de animal antiguamente lastrado por ruidosas cadenas: me sentí poderoso y lumínico. Eso sí, también sabía que mi crueldad, sin duda, era parte de la mierda que hablábamos a causa del mucho pasto.

–No jodas, Manolo, no jodas; me estás retando, como siempre, y no me parece justo. Me ves jodido, con malos pensamientos, y entonces jodes, me tiras a la cabeza. Quédate conmigo, mano, te lo suplico... Save me, save me, mano, estoy malo, mírame, tengo los nervios jodidos.

Frank había comenzado a gritar; luego se echó a llorar. Yo me largué.

Caminando por la playa, dando tumbos en la borrachera, supe que mi sentencia había sido inapelable y definitiva. Enloquecí de ternura, allí en la orilla. Lo amaba; pero hubiese querido matarlo sin mucha ceremonia. ¡Me anegaba tanta compasión!, me asaltaba una piedad urgente. No podía verlo así. Él era un guerrero, un valiente; no estaba hecho para las heridas o el cautiverio. Quizás simplemente quise liberarlo, echar a volar aquel halcón hermoso, tan capturado por la estupidez de este mundo. Lloré, y todo el trayecto supe que la misericordia tiene caminos más difíciles que el odio.

Ya no recuerdo bien si me metí una pepa de LSD; el asunto es que fue así: Te encontrabas a la altura de la playa de El Alambique, justo a mitad de camino entre Punta Grande y Punta Las Marías, cuando empezaste a sentir el fogonazo, aquel ardor justo en el lado izquierdo de tu cuerpo. Algo te quemaba el brazo. Entonces te irás de lado, hacia la derecha, y no sabrás si fue la quemazón esa o la borrachera. Pensarás en la luna; pero sabrás que no fue ella, el alacrán, porque la luna no quema así; la luna quema con su sabiduría, y no con esa iluminación que te calcinaría los párpados. No quieres mirar. Mira y saldrás de dudas. Estarás más que agradecido de esta voz que te obliga a mirar. Algo te dice que la luna riela sobre las aguas verdosas, y la melancolía te resulta impostergable, repentina. Oyes tan claramente a tu hermano, quien te busca y llama en la desesperación, o simplemente ansía a alguien que lo ayude: «Save me, save me, sálvame, sálvame... Tengo que hablar contigo, mano, tengo que hablar contigo... No te vayas; Manolo, no te vayas». Pero tú te muestras tan impasible, te vuelves compasivo de un modo demencial, y hasta maléfico. Te muestras terminante. Anda, mira hacia el mar, ya no escuches más las olas; y se te revelará la costumbre de la impiedad, su belleza absoluta.

Ahí estás. Y no lo puedes creer. Sobre todo, porque es un sol abrasante que no te obliga a desviar la mirada. Míralo sin el más leve asomo de incomodidad, hazlo tuyo, no te lo saltes como hiciste con ese mar de fuegos fatuos. Ahí lo tienes. Sobre el horizonte marino se va alzando la gran bola de fuego, que ahora pasa de ese amarillo pálido a un anaranjado rojizo. Es un sitio muy improbable para semejante sol, piensas algo banalmente. Pero sí lo tienes que aceptar. Abrázalo, no te resistas a él, a esa gran visión de fuego que ocupa −como un hemisferio colocado a todo lo ancho del horizonte marino, de Punta Grande a Punta Las Marías− toda tu conciencia dolida. Porque ese sol no abraza sino que ahora es frío, no está allá afuera sino dentro de tu cráneo, ahí persiste sin asomo de volutas chispeantes y saltarinas, que restallarían contra esa perfecta oscuridad del cielo. Es que debes serenarte, cerrar los ojos y permitir que la visión te acaricie. No te perturbes. Porque ya entonces no habrá fin a esa persecución que te somete los nervios, que los convierte en un amasijo de dudas y lástimas inmisericordes.

Es que debes sentir, con toda seriedad y ningún empacho, que ese hemisferio está allá y, sobre todo, también dentro de tu cabeza. Bien sabes que esa bola es un efecto de tu voluntad; ahí deberías hacerla temblar justo cuando el anaranjado se vuelve rojizo. La haces temblar. Ya no es un color estático, producto de la estulticia a que te somete la borrachera, sino que es un color que fluye por todos lados con esa pesada inquietud del mercurio. Ahora despeja el otro pensamiento que se aloja en tu cabeza, ése que te acecha sin piedad, con una urgencia conflagrante. Algo te asegura, y tú asentirás para ya no perderte, para ya no entregarte, que el sol parece derretirse; tú quieres, anhelas, que se derrita, aunque alguna fuerza extraña lo sostenga sobre el horizonte. Y entonces ocurre lo que más temes: Es que allá en el mar comienzan a estallar pequeños fuegos, y estos son la secreta combustión marina de las llamas fatuas de La Candelaria, te dice alguna voz que no reconoces como perfectamente tuya; pero este último pensamiento, mucho menos la voz, te tranquiliza. Y dentro de poco todo el mar comenzará a incendiarse, se habrá incendiado con llamaradas altas, sobre las cuales sopla una ventisca sin piedad. Son llamaradas altísimas y uniformes, respetuosas de la perfecta majestuosidad del sol. Bien sabes que este pensamiento, tan simétrico y arquitectónico, tampoco te tranquilizará. Y tú que ya pronto sentirás ese calentón en la cara mientras te reconoces sentado ahí sobre la arena; en la posición del loto comenzarás a reírte y a llorar, porque entonces será el horror; esto último lo consideras inevitable.

A Frank le gustaban las armas, conseguía silenciadores como quien capea pasto, se ufanaba de saber usar sus cañones. Pero no era uno de los gatilleros del Bohíque; ya había matado su cuota en Vietnam. Sólo le quedaban los alardes de la violencia, esos tics repentinos, neuróticos, inaplazables. Y supongo que yo no compartía nada de eso, porque ahora no recuerdo haber salido del apartamiento de él cargando aquel Magnum .357 con silenciador, el que Laurita jamás me devolvió con las cosas de Frank. Ese que apareció en mi mano derecha al otro día y que está enterrado, ahí enmoheciéndose, en el islote de Isla Negra. Me he dicho tantas veces que el no recordar, la ausencia de memoria respecto de lo que pasó aquella noche, esa amnesia que me ha dañado la vida, es la mejor prueba de que me encontraba bajo la influencia del Maligno LSD, es decir, de *Lucifer, el Señor de nuestro Destino compartido.*

Y Frank, pues Frank al fin consiguió lo que quería. Esta vez no falló, como cuando hundió el acelerador de mi Starfire destartalado con un diccionario Webster y un sartén, y se encerró en el garaje de la vieja casona verde de Hashemi a que lo matara el monóxido de carbono. Finalmente logró —él que era un hombre a quien la vida le había dicho pocas veces no— decirle sí a la muerte; éste sería el misterio de su vida.

Y yo, bueno, pues aquella noche oí voces que me perseguían; eso lo recuerdo; y también la voz de Evelyn que me acechaba. Recuerdo haberme tumbado en la cama con ganas de vomitar y esperando, de un momento a otro, la maldita voz de Evelyn. Aunque, valga la aclaración, para aquel entonces yo soñaba con aquella arpía todas las noches. Lo que mejor recuerdo son los maullidos insistentes de un gato y el doloroso pensamiento de que el alacrán siempre prefirió a Frank. Y el viejo también lo prefirió; pero no como mi madre, que lo prefería sin empachos. No, el viejo lo prefirió con mucha vergüenza, con mucha delicadeza, hasta diría que con toda la culpa de que era capaz.

No sé cómo los plomos llegaron a caer, en algún momento de aquella noche borrosa, en el estacionamiento que da a la calle. Sé que en el mundo físico ocurren cosas muy extrañas, casi imposibles, como aquella vez que tuve un accidente automovilístico y algunos cristales del parabrisas delantero roto aparecieron dentro de mis medias. No dentro de mis zapatos sino dentro de mis medias; así fue.

CAPÍTULO IX

No me gusta mi cara. Y esta aseveración, tan sentenciosa e inapelable, nada tiene que ver con mi semblante en el espejo del baño, durante esas mañanas de resaca que me recuerdan el hecho de haber nacido un lunes. Es que apenas ha madurado con los años; se empecina en recordarme, a diario, ese lado que permanece inalterado por la experiencia, el rostro del joven inseguro, la cara dañada por el acné del adolescente puñetero. Padezco un acné invisible, ahora de hombre ya maduro; son las marcas de cierto bochorno que me ha acompañado durante toda la vida. Si Juan Pablo Sartre señaló que el otro es el infierno –lo cual concedo–, debo añadir que mi castigo no empieza por el semblante ajeno sino por el propio. Padezco esta majadería de sufrirme la cara como el primer estorbo, una humillación sin remedio, esa tachadura que de tan elemental resulta increíble.

Esta sensación de zozobra, que me obliga a bajar la mirada, quizás empezó en primaria, justo cuando descubrí el otro sexo. Dudo que resultara de la crianza de los primeros cinco años; mi madre jamás me hubiese dado la oportunidad de mirarla a los ojos, así de ausente fue siempre su ternura. Quizás sea por eso que me gusta tanto Aurora, la melancólica novia de Pat Boone. Está buenísima, les aseguro que le miro el culo más que la cara. Como no es de una belleza opresiva, sino que más bien explota esa monería coquetísima de la mayoría de las mujeres puertorriqueñas, puedo mirarla a los ojos. La belleza de su cara no contiene ese rubor o jactancia que exacerba mi timidez, justo como me pasa con tantas blanquitas que me dejan desfallecido, arrumbado en la certidumbre de que jamás pasé de los dieciocho años, y nunca complací a mi madre en eso de conseguirme a alguien de belleza y apellido.

Me acerco a Aurora con muchos titubeos; como ya es costumbre en mí, el asedio incluye esos paisajes oníricos indecisos entre la pesadilla y la profecía, porque estoy en esta edad en que todo es porvenir, o sea, catástrofe pendiente. Hay mucho pasado que se me presenta melancólico, irremediable; sólo éste me va resultando sereno, dulcemente terminal y enterrado, es decir, la próxima media hora me encrespa los nervios, lo que pueda ocurrir mañana me aterra.

Anoche soñé que Aurora venía subiendo por la avenida Puerto Rico de Villa Palmeras. No sé; quizás fue una evocación de esas veces que la he visto al atardecer, o apenas entrada la noche, y va muy apresurada ella, o ensimismada, buscando con la mirada baja, y con gran urgencia, ese lugar donde perdió algo, quizás sólo un arete, ¿ven? Esta vez, en el sueño, caminaba muy temprano en la mañana; no tenía la mirada baja, fija en la acera, sino únicamente puesta en la pared del ensimismamiento. Venía con esa mirada perdida y acuosa de quien no ha podido dormir, no disimulaba la premura de quien busca a Dios o la droga, o quizás el primer trago redentor. Es la hora en que sentimos esas pisadas que nos alcanzan; ya no podríamos postergar los malestares de la resaca, tampoco la búsqueda de cierta cura para los nervios, porque, en verdad, estuvimos hartándonos de drogas o alcohol hasta el culo; la noche fue una gran fiesta; la mañana es esa bandada de murciélagos que se nos viene encima… Por la encendida calle antillana venía Aurora, la novia puertorriqueña del católico de los zapatos blancos, Pat Boone, y traía esa tristeza aún inocente de su propia urgencia; era una melancolía bastante apocada, sin el lustre de la ansiedad, diría que excesivamente mañanera, como para no inclinarnos, aún no del todo, hacia el lado de ese horror, el espanto que nos espera al transitar el día como zombies, sin la concentración necesaria para leer las instrucciones de un teléfono público, por ejemplo.

Según el sueño, el cielo tenía a esa hora ese estúpido color anaranjado rojizo del mamey, el mismo de los despaciosos crepúsculos de verano. Era el detalle cruel de todo aquel paisaje embarazoso. Fue algo muy extraño, porque en el paso de Aurora también estaba, ciertamente, la posibilidad del suicidio. Eso lo vislumbré en esos ojos tan lastimosamente apagados, y que me reconocieron ahí en la acera; fue un fugaz encuentro de la mirada, que nos dejó muy perturbados, con la incomodidad de habernos sorprendido en un momento de intimidad suprema, porque yo iba en un flamante Mercedes Benz Gullwing del 1955, y usaba sombrero panamá, pañuelito al cuello y gafas de sol Ray Ban. A Aurora le había fallado Dios.

Llegué a la oficina y me dispuse a espiarla. Puerta con puerta, estamos destinados a tropezar en el pasillo del segundo piso de este edificio destartalado de la Loíza. Le subsidio parte del alquiler sin que ella lo sepa, un trato de caballeros con el dueño, quien me debe algunos favores de calle, entre ellos desalojar a unos inquilinos dominicanos que confundían el papel de lija con el de inodoro, las bañeras con los corrales para criar puercos y bueyes, el lavamanos del medio baño al final del pasillo con la bacineta del inodoro. Ahora bien, el edificio ha podido soportar los embates de la diáspora caribeña: El cinc se sostiene, no empece los remiendos, la madera de las paredes se ha renovado cada diez años, y en algún momento de los años sesenta varios cuartos del segundo piso recibieron torta de cemento o un nuevo entablado. El amplio local de Aurora, cuyo largo balcón da a la calle, conservó ese entablado pulido que prefieren las academias de baile; aunque, justo es decirlo, la academia de Aurora comenzó anunciándose como de danza moderna y ya es simplemente el gimnasio de ejercicios aeróbicos más cercano, cuya clientela principal son esas niñas de barriada que sueñan con ser coristas del Show del Mediodía en la tele, o prostitutas que han pasado la treintena y añoran mantener los muslos esbeltos y las nalgas libres de celulitis. Las primeras vienen casi todos los días, las segundas asisten cuando no se están sacando sangre para el VIH positivo. A todas las consuela Aurora diciéndoles que lo que ellas aprenden a bailar, esa música que escuchan mientras saltan y sudan, es *jazz*, lo cual suena bastante exótico y de gran clase en este vecindario.

Me embellaca imaginarme el aroma íntimo de las hembras bajo esas sudaderas y apretadísimos «body suits». Dejo la puerta del despacho abierta, husmeo la brincadera y oigo el canto de las repeticiones. Estoy en las de regodearme; enciendo el abanico recién reparado, me echo hacia atrás en la butaca de madera que sobrevivió la segunda guerra y gozo de las tembladeras del mujerío. En estos momentos recupero algún optimismo, concedido, sobre todo porque esta mañana Aurora me saludó con mucha simpatía —y hasta coquetería, diría yo—, por lo que pude invitarla a almorzar en La Angoleña.

Había citado a alguien por la mañana. Se trataba de uno de esos casos fáciles en que el marido se sabe engañado y pega cuernos al mismo tiempo; se necesita una foto comprometedora para concluir el trámite del divorcio. El que no llegara el fulano a la cita me traía con los nervios de punta, el brete de Carlos ya apenas producía plata y estos casos por cuernos y consentimiento mutuos suelen empantanarse con los hijos, porque si hay algo que un hombre puertorriqueño no puede soportar es que le estén clavando a su ex mujer en su antigua casa, ahí culeándose en la cama de toda la vida, a tiro de los oídos de sus propias hijas, sobre todo. Tal parece que me había quedado sin la tonina, sin alguna carnada que me permitiera cuadrar el mes.

En estas divagaciones estaba —sólo medio ocupado con el silencio del teléfono y la tardanza del cliente, con las repeticiones de los ejercicios al otro lado del pasillo y ese lejano rumor africano que alcanza todos los rincones de la Loíza– cuando me percaté del retrato de don Jaime Benítez que engalana mi oficina. Se lo tomaron en ocasión de viajar a Estocolmo para recibir el Premio Nobel otorgado a Juan Ramón Jiménez. Ahí está don Jaime con su gran clase y elegancia, vestido de frac e inclinándose ante el público que aplaude de pie, la gran elite social e intelectual europea. Al inclinarse, el gallo se le ha venido sobre la frente, sin duda un emblemático tic de intelectual distraído. En esa foto hay algo que me enternece mucho, y no sé por qué, quizás tenga que ver con el hecho de que he malgastado mi vida en un lugar de cuarta categoría, sólo con el consuelo de una añoranza indómita, mortificante. Es lo más cerca que estaremos de un Premio Nobel, a menos que se lo gane Cabrera Infante por probar que en Cuba se inventó el canto gregoriano… Ahí está don Jaime, colado en el baile de la gente blanca, sin el apestoso bacalao del Caribe a cuestas, redimido de tanta cafrería mantecosa e irredenta.

Bueno, después de la ensoñación, el asedio a las nalgas de la ex novia de Pat Boone: Con muchas sonrisas y haciéndome ojitos, Aurora me aseguró que se daría una ducha rápida, para entonces bajar y almorzar en La Angoleña. Ella se viraba, y salía del dintel de su puerta, justo cuando sonó el teléfono; ya entonces comenzarían a congregarse todas las nubes negras del litoral. Al fondo del auricular, nuevamente en la espesura del odio, una voz de mujer mayor me dictó esta sentencia inapelable: «Dígale que se lo vamos a decir al marido; si ella va mañana, se lo diremos al marido. Y dígaselo también a él, de paso, so alcahuete».

Ahí engancharon. Supuse que fue la vieja dominicana, pero no estaba seguro. Usaron el pañuelo para fingir otra voz. Me alarmó muchísimo el tono concluyente, terminal. Supe que el día se me deslizaba hacia la mierda, ahora que estaba a punto de tumbar a la novia de Pat Boone. Aquellos truenos me hicieron bajar la vista, para así notar cuán vacío aunque ordenado se encontraba mi escritorio gris.

Y no sé cuánto tiempo Aurora estuvo allí, con el pelo mojado y observándome. Tampoco sé por cuánto tiempo rumié la certeza de que todo aquel embrollo de Carlos, su gran pedo adúltero, estaba a punto de estallar. Y que ya mi cerebro estaría ocupado, durante todo el dichoso almuerzo, con la premura, y hasta la urgencia, de conseguir a Carlos. Algo distante escucharía, porque cuando alcé la vista me encontré con la pizpireta y diminuta Aurora, quien me sonreía desde la puerta cerrada de su estudio y me instaba: «¡Vamos?».

La Angoleña es una fonda de la calle Loíza con la inmerecida reputación de servir comida africana-portuguesa. El dueño es un negro angoleño malhumorado con la incierta fama de haber sido torturador para los rebeldes de UNITA. Su pasado siempre fue un misterio, también la razón y manera de cómo llegó a Puerto Rico. El caso es que importa algunos «vinhos verdes» portugueses y tiene en el menú una feijoada brasileña que jamás prepara porque siempre falta algún ingrediente clave. Lo más refinado del menú es un mofongo relleno de camarones a la criolla. Cuando le pregunté por el «biftec a la angoleña», me dijo, con bastante displicencia, que eso era un biftec encebollado, algo distinto, eso sí, aunque muy parecido al de acá, porque el biftec encebollado, me aclaró, es una especie de plato nacional de todo el jodido continente africano. A todo esto, Aurora hacía muecas de disgusto, porque resultó que la neorican es vegetariana y alardosa de un gusto por el tabulé con menta y las ensaladas de couscous. Allá se enfrascó en una polémica exasperante con don Alfredo —así se llama el angoleño— sobre la preparación del mofongo, que si llevaba chicharrón o no, que si era mejor majarlo con caldo de pollo en vez de manteca, que por qué no guisaba las habichuelas con aceite de girasol en vez de manteca de cerdo. Aquello me desoló. Aún tenía la ominosa llamada telefónica en el chicho de la oreja cuando Aurora se decidió, con algún desconsuelo y fastidio, por un buen plato de arroz con habichuelas y una ensalada de lechuga y tomates —sólo de lechuga y tomates— por el lado, a manera de guarnición. Con rabia, con las pelotas hinchadas, pedí un plato de chuletas de cerdo con tostones, arroz y habichuelas. De tomar quise una Coca-Cola, fui enfático en que no fuera de dieta. Ya estaba a punto de mandarme tremendo sermón sobre mi alimentación miserable cuando tuvo la gentileza de callarse y ordenar, eso sí, con cierto airecillo de superioridad continental neorican, una copita de vinho verde Tres Marías, porque ese vino blanco y sequísimo lo aprendió a tomar en el Village, una noche que salió con Raulito Juliá y Meryl Streep, antes de ambos ser famosos, por supuesto.

—¿En qué año fue eso? —pregunté con severidad.

Aurora me contestó con esa simpatía apresurada, algo nerviosa, de quien pretende validarse.

—Ah, ya de eso hace tanto tiempo, you know, éramos muy jóvenes; yo venía de trabajar con Pat y quería alguna experiencia off Broadway, tú sabes, porque en New York uno puede caer en un casting de latino, you know, y entonces…

—Raulito Juliá… Creo haberlo conocido, en los bailes del Deportivo de Ponce… O quizás fue por acá, en el Caparra o el Casino… Una vez fue como acompañante de una prima mía a un baile en la Casa de España. De eso estoy seguro, porque nos sentamos en la misma mesa… Él estudiaba en San Ignacio.

Aurora me miró con una perplejidad al borde del desamparo. Ninguna de las claves de la clase social tan pretendida por mi madre hacían eco en aquellos oídos del South Bronx. Resulta curioso que a la vez que reconocí mi esnobismo, mi comemierdería clasemedianera, me sintiera tan lastimosamente desclasado.

—Anyway, allá teníamos un grupo bien chévere, y yo conocí a mucha gente del Joseph Papp.

—¿Qué es eso?

—Es una, you know, una company de teatro de Shakespeare…

—¿Trabajaste con ellos? —le pregunté con una pizca de crueldad.

—No, porque yo no tenía suficiente training clásico en teatro, you know... Yo siempre fui bailarina.

—Pero Juliá sí estudió teatro.

—Oh sí; pero él ya tenía otro standing, tú sabes... Yo era una bailarina de las películas de Pat Boone, y, no sé, no me sentía muy cómoda diciéndolo, you know, me sentía un poco embarazada, awkward, porque Meryl se había graduado en Yale.

—Y Raulito en San Ignacio —esto lo dije ya entregado a lo peor de mi petulancia; me reconocí débil, lo bastante como para aprovecharme de su vulnerable origen proletario, la pobre, como diría mi madre.

—What? —exclamó, ahora recomponiéndose con una justificada impaciencia.

—Never mind... Pero Raulito tuvo que esforzarse mucho por lograr lo que consiguió.

—Oh sí, él trabajó de waiter, y hasta de ¿lavaplatos? en el Village; por eso conocía ese restaurante «portuguese».

—Trabajó de *mozo*, de mesero —puntualicé con engreimiento de académico de la lengua.

—Right, sí, también; pero fue una época bien chévere para todos nosotros, aunque yo me sentía un poco, ya te dije, un poco shy... sí, tímida, eso, porque, you know, Pat Boone, el cantante con los zapatos blancos...

—Era católico, Pat Boone, ¿no?... Los curas de mi colegio me hablaban siempre...

—Oh sí, tú sabes, él era, muy religious, muy religioso ¿se dice?

—Religioso...

—Eso, that's right; es lo que yo siempre digo, que sólo con el Señor uno puede sobrevivir tantas tentaciones.

—¿Qué tentaciones? —yo estaba en las de joder.

—Como las drogas, el alcohol; yo usé mucho cocaine en mi juventud, y también la marihuana; esos son cravings...

—Apetitos...

—Sí, apetitos de gente desesperada, you know, que no tienen a Dios.

—Vacilaste mucho en tu juventud.

—Pasa siempre, es muy fácil caer en eso, tú sabes, en el ambiente de las artes, en el «rat race», en la carrera de ratones.

—De ratas...

—Eso...

El enano maldito del alcohol se me despertaba; ella se había achispado con la segunda copa de vinho verde y yo cambié la Coca-Cola beligerante —y, ¡por qué no aceptarlo?, precavidamente abstémica— por un White Label doble y salutífero. Y bien que necesitaba un sedante: Ahora nos correspondería hablar de las «chacras» y los beneficios de la alimentación vegetariana según el Maharishi Ved. Indagué si se trataba del mismo de los Beatles y me dijo que sí, procedió a identificar el tipo de mi constitución física según la orden de chuletas y tostones. Cuando empezó una larguísima perorata sobre cómo yo soy del tipo «pitta» —antiguamente colérico— y de cómo mi equilibrio sería beneficiado por una combinación de la alimentación «vata» con la pitta —ya a punto de explicarme la variante «kapha» y las subvariantes «pitta vata» y «vata kapha»—, quedé espantado ante el neblinar metafísico con que me asaltaba aquella hembra, a quien yo sólo pretendía con alguna clavada supina y un poco de ternura, una cosita bien chévere, no aquella intrincada salvación del alma, que empezó con el catolicismo Griffin all white de Pat Boone y recalaba en los clisés más predecibles de mi generación cráneo heavy. Aurora remontaba una disertación sobre cómo el ambiente artístico está lleno de elementos pitta, justo cuando el torturador angoleño vino a salvarme. Nos trajo un mofongo sin chicharrón —sólo con el plátano majado—, y lo sirvió displicentemente, con cierta aspereza provocadora, casi ordenándonos que lo probáramos para «picar», en lo que venían los platos fuertes. Noté prontamente las malas vibraciones pitta entre el fondero angoleño varado en la calle Loíza y aquella atormentada neorican varada en mi lujuria.

–Muchas de estas comidas yo empecé a comerlas acá.

–Me lo imagino... La próxima vez te invitaré a un sitio más en armonía... con tu onda de alimentación, tú sabes, un sitio como la Hostería del Mar.

Ella me miró algo sorprendida, y sonrió. Era en estos momentos que yo me esperanzaba con su coquetería franca, puertorra, algo grasosita, pasada por la avenida Campo Rico... Francamente, para este tipo de mujer Maharishi yo necesitaba una vida más saludable, es decir, menos alcohólica, y una jerga que ya había olvidado, y que nunca dominé del todo. Deseé que Nadja fuera más limpia, menos gorda y culona.

–No, si aquí estamos chéveres... Yo estoy como descubriendo a Puerto Rico. El otro día comí carucho.

–Carrucho... Con erre...

–Eso. Y me encantó, sabes...

–Me alegra. Pero la próxima vez iremos a comer pan de pita y tabulé, falafel y hummus. Yo no vuelvo a pasar...

–Ah sí, ¡qué rico!; pero todo ha estado muy nice, bien chévere.

–Eso digo yo.

Cambiando de conversación –luego de comentarle que el mofongo más bien era mangú majado con cebolla–, y con una certidumbre que me asustó, pudo declararme un ser redimible, perdido en el bosque de la vida sólo por no haber tenido la gracia del Señor. Ya no supe qué era más nocivo para mi pretendida seducción, si esta referencia al Señor o los hábitos alimentarios de la diosa Siva. Cuando hablaba de Cristo se refería a él urgentemente, como si fuera un tío benefactor que además da buenos masajes y cura el lumbago.

–Cristo te curará. Ya verás; es cuestión de que lo recibas sin todas esas defensas que tienes, y con el buen hábito de leer la Biblia todos los días.

—¿Tú la lees?

Me miró con desconfianza, como si no creyera que yo le estaba haciendo aquella pregunta. El torturador angoleño me trajo el segundo whisky (esta vez sencillo) y a ella la tercera copa de vinho verde; un mozo dominicano que yo había padecido anteriormente en la maldita fonda, y que parecía un zombi que había cruzado la frontera haitiana, sirvió los platos principales en un estado de estupor marihuano. El negrero angoleño los prefería así.

—Sí; yo siempre la leo, todos los días... Pero qué nice está todo, verdad... Y fíjate qué bonita se ve, y saludable, porque ese mofongo que nos trajo...

—Era de panapén; no sé si lo notaste.

—Bueno, estaba bastante bueno, anyway, yo leo la Biblia todos los días... Pero que conste que no soy como la gente esa del culto de todos los domingos allá en la playa.

—La iglesia de la carpa...

—Sí, esos son fanatics, fanáticos se dice, ¿no?

—Sí; fanáticos religiosos.

Quedé desfallecido de aburrimiento y mal humor, a punto de concederlo todo, de no esforzarme más y callar para siempre. En eso llegaron unas amistades mías, asiduos parroquianos de la barrita de La Angoleña, gente que justamente temí encontrar cuando bajé con Aurora.

Freddy Schmidt es un rubio cantante puertorriqueño de origen alemán con un rostro Ford Fairlane y una voz nada despreciable, pero que simplemente no gusta. Ahora leía todas las biografías de Hemingway, cargaba la más voluminosa por toda la Loíza y gustaba detenerme para señalarme oscuros datos de la vida de Hemingway que posiblemente lo emparentaban con éste. El baladista Freddy saludó a Aurora con mucho cariño; la conocía no sólo de la Loíza sino de la producción South Bronx de *South Pacific* en el 1961. Ambos me aseguraron, casi al unísono, que Raulito Juliá trabajó en esa producción. Freddy envejecía con una vocación fantasiosa que posiblemente se remontaba a su propio origen. Nacido de la guitarrera unión de soldado gringo con puertorriqueña, en el San Juan febril y bohemio de la posguerra, es el tipo de cano puertorriqueño que difícilmente pueda concebirse como un fracasado por partida doble: Aunque frecuenta bares sólo bebe Perrier con limón, cuida de su cuerpo con esmero de gimnasta, no tiene una onza de grasa en exceso, es virtuoso, nadie aprecia su talento; es un chiste. Lo acompañaba Bobby Falú, un peso ligero sepia y mafufero que corre con Freddy la playa de Ocean Park; había visto su único y mejor momento en una pelea que perdió con Kid Pambelé en los años setenta. Animaba la comparsa Ismael Santana, un salsero alcohólico, y con sesenta libras de sobrepeso, que tuvo sus quince minutos de gloria en un soneo famoso durante el concierto del Cheetah en 1973. Fue una fugaz estrella de Fania. Ha intentado suicidarse varias veces, es una de esas almas terribles incapaces de encontrar la muerte. Completaba la cuarteta el gran Guayo, quien tiene más cicatrices de acné que cara de piña Noriega; habla con ese basso profundo callejero que intimida sólo más acá de la calle Calma, y que allende la calle de Diego de Santurce sonaría como un cáncer de garganta. El Guayo cultiva y distribuye la marihuana más potente de la Loíza, él la llama «jibarita», pero todos sabemos que el semillero fue californiano. Afortunadamente tuvieron los buenos modales de seguir para la barra, Guayo me sonrió con esa picardía del pana que encuentra al otro en un brete. Ya a punto de liquidar aquel almuerzo accidentado, tuve el presentimiento de que daba lo mismo; nada mejoraría en el resto de aquel día nefasto.

—¿Conoces el teatro del absurdo? Leo mucho teatro, sabes, muchos plays, me los imagino en el teatrito de aquí, de mi cabeza, out of my mind… you know, es un chiste…

—¿Qué?

—El theater of the absurd; hice mucho de eso off Broadway.

—Sí, tengo una vaga idea…

Quedé distraído y melancólico, la lengua ya estaba erecta y un sentido de inminente frustración carnal ocupaba mis peores presentimientos.

—Hice de una de las criadas en la obra de ese poète maudit francés, que es gay...

—¿Jean Genet?

—Ese mismo.

—Quiero echar un polvo contigo.

Aurora no quedó atónita. Hasta me sonrió, y simple y llanamente me dijo que eso quedaría pendiente, porque ella no quería comprometerse tan rápido —didn't want to get involved so soon— y «anyway la amistad es más bonita».

Allá se fue —después del café y un dulce de coco que el angoleño quiso venderme como una exquisitez lusitana— a husmear los últimos remates de Pitusa. De despedida nos besamos en las mejillas, y quedó la misma promesa erótica de siempre. Bastaba que no abriera la boca, y no me soplara encima aquel fumón metafísico, para que yo recuperara la fe en su par de nalgas colosales.

Subí a la oficina para cerrarla definitivamente, uy, ¡qué día!, cuando sonó el teléfono. La reconocí enseguida. Era Migdalia, la corteja de Carlos. Con una urgencia para bien tomarse en serio, con cierto temblor en la voz que delataba complicidad, como ya veremos, me dijo: «Avísale a Carlos que no vaya. Quedamos en vernos mañana en el hotel Atlántico, a las diez. Yo no puedo avisarle. No lo consigo. Ahora mismo estoy incomunicada; mami me amenazó con decírselo a mi marido si voy»... Y colgó. Estas últimas palabras me sonaron más sinceras, es decir, la urgencia quizás no fuera fingida, ni cómplice, sino resultado del terror. Pero no sabía con certeza. Ya no sabía nada. Para mí que aquella mujer lo mismo sonaba a víctima que a cómplice. Iba perdiendo los instintos de la calle, del sabueso sato, del encabronado, que se volvía cada vez más panzón y sentimental. Miré la hora. Eran las seis de la tarde. Tuve el presentimiento de que empezaba lo peor del día.

Cerré la oficina y recalé nuevamente en La Angoleña. No pude resistir la tentación: gente como Freddy, Ismael, Bobby y Guayo tienen el atractivo de ese ocio inquieto y musarañero de los fracasados. Siempre están en las de montar esquemas para el dinero fácil o las mujeres difíciles; quise saber qué pensaban de la Aurora, tuvieron la delicadeza de no emitir opinión concluyente y mostrarse algo condescendientes, como un padre que anhela para su hijo «algo mejor», pero no lo dice. Luego me invitaron a El Naranjal de Piñones, ese punto para «pasar el macho» −como decía mi padre− de todos los oficinistas del gobierno que viven allende el friquitín Bebo's, escuchan salsa y detestan a la doña. No fui; corría el peligro de volcarme y tenía que pastorear el brete de Carlos. De todos modos, llegué a la casita medio abombado, y sólo con dos whiskies dobles, ¡qué remedio!

Freddy me trajo. Me dejó a la entrada del callejón Génova. Entonces dio riversa. Eso lo recuerdo bien. No transitó por el callejón para entonces alcanzar la calle Bromelia y doblar a la derecha.

Fue entonces que lo vi venir, él iba llegando al pequeño estacionamiento donde cayeron las balas que asesinaron a Frank. Algo me dijo que apresurara el paso. Lo miré a los ojos; aun a distancia reconocí la mirada criminal, ese resentimiento algo gratuito, y también el balbuceo paranoico del crack, o la cocaína. Vestía pantalones cortos a las espinillas, tenis genéricas de rapero, una ancha sudadera de los Chicago Bulls y la gorra de los Mets de Nueva York, con la visera hacia el frente, detalle perturbador, por cierto. Recuerdo haber pensado que semejante detalle resultaba maligno, ominoso, porque los dictados de la moda South Bronx o Watts L.A. le imponían la visera para atrás. Por esto concluí que aquél era un espíritu rebelde capaz de cualquier cosa. Cuando uno está cerca del peligro piensa estas pendejadas; eso lo sé. Era un adolescente flaco, con esa sequedad de carnes característica de los adictos a la heroína. De cara medio lampiña, con un bigote ralo, de escasa barbilla y cachetes bastante mofletudos, el chamaco reflejaba las taras ancestrales del mestizaje caribeño. Entonces, ahí fue que empezó a gritarme obscenidades, que si cabrón, que si hijo de puta, que si viejo sucio.

Corrí hacia el portón de la casita. Por fortuna la aldaba del candado estaba casi rota, sería fácil abrir el portón de una patada. Con el rabillo del ojo alcancé a ver justo cuando sacó el cañón. Era una nueve milímetros Beretta, de eso estoy seguro. Ahí mismo me zumbó, y yo que golpeaba el portón con la pierna derecha mientras buscaba bajo la camisa el .357 cañón corto. Estábamos a distancia de diez metros y falló el primero; buena señal, me dije. Cruzamos miradas y reculó atemorizado cuando me vio buscando en la correa del pantalón. Hizo ademán como de salir corriendo; pero prefirió lanzarme más improperios. Finalmente corrió y fue a esconderse detrás de un carro estacionado. Las rodillas se me volvían gelatina cuando alcancé a ver, como en un celaje, allende ese pasadizo de la Bromelia, al fondo del cual se vislumbra el horizonte marino, cómo el cielo crepuscular se había teñido de un anaranjado rojizo color mamey. Alguien gritó desde el interior de una de las casitas; esto lo recuerdo vivamente. Alguien llamaría a la policía, pensé.

Cerré lo mejor que pude el portón, empujándolo de una patada con la suela del zapato izquierdo, y me escondí en el pequeño espacio del jardín. Al rato oí que entreabrían el portón; ahí le zumbé, pero el revólver no disparó; lo oí correr y gritarme cabrón. Empecé a oír el rumor de la gente que se asomaba, o curioseaba la pendencia; entonces aproveché para abalanzarme hacia el portón de rejas, busqué la llave de los dos malditos candados. Afortunadamente sólo había pasado la cadena de uno de ellos. Estando ahí, tan vulnerable a pesar de que estaba apuntando hacia el portón, recordé que cuando me zumbó hice el absurdo ademán de espantar las balas con la mano izquierda, como si hubiese sido posible taparme de ellas, o quitármelas de encima cual moscas. Recuerdo haber defendido, con este ridículo gesto, el hígado y el páncreas, sobre todo, mi bendito hígado.

Me tirotearon, me habían zumbado. No podía creerlo. La vieja me puso un rabo y el sucio del detective seguramente fue a Lloréns y reclutó, por cincuenta pesos y una corta línea de crédito en crack y tecata, aquel tarado de mirada turnia y desesperación celular. Tan pronto cerré la puerta de la casita y me tiré al piso a sudar frío, noté que algo me molestaba en la región lumbar. Era la faja ortopédica que uso, mis aperos de catcher. Durante toda la conversación con Aurora me aterró la posibilidad de ir con ella a la cama y que descubriera aquel arnés seca panties. Me abrí el pantalón y con la mano izquierda fui desabrochando la faja. Noté, al tacto, que una de las varillas estaba doblada hacia adentro, y el forro lo sentí chamuscado. Me había salvado la vida, o, al menos, de un tiro en el riñón izquierdo. Busqué en la camisa y sentí el calentón que aún permanecía alrededor del agujero. ¡Qué leche! La verdad es que el día no había resultado tan aciago, después de todo. Sólo me asombraba aún la estupidez de haber corrido hacia el portón de la casita a la vez que él corría hacia mí. Debí haber vuelto sobre mis pasos, haber corrido hacia la calle Margarita. Pero entonces le hubiera dado la espalda. Eso sí, no me hubiese metido en una jodida trampa, como efectivamente hice. Por la mente de Frank seguramente pasaron equivocaciones casi idénticas, en aquella noche terminal y funesta.

Caía la tarde. El miedo me asaltaba como en oleadas. Lo sabía al acecho; esos chamacos tienen la obstinación del ambiente drogo, saben que sólo los galones adquiridos en el oficio del gatillo los mantendrán cercanos a la cura. Por otro lado, un patrono como el fulano a quien me pusieron de rabo tampoco perdonaría una cagada; siempre existen gatilleros para ajustar las deudas incobrables. Miré el revólver; sólo tenía una bala en el cilindro, corrí la recámara.

Así fue que estuve bajo asedio toda la noche. Eran las siete y media, ya oscurecía, cuando oí el portón y lo imaginé saltando al pequeño jardín, ese apretado espacio cubierto por la monstruosa enredadera de esta casa de locos. Ahí lo oí durante toda la noche, casi olía su aliento de animal excitado por el acecho y el olor a sangre.

Sólo me alejé del ventanal enrejado —de esas ventanas miami de anchas hojas de cristal, tan preferidas en los años cincuenta— para buscar una botella de Sauza conmemorativo que, por alguna razón de mi oscuro destino, había esperado intacta demasiado tiempo, para ahora ser abierta en aquel bautismo de fuego. De regreso, con el apartamiento a oscuras, oí un movimiento de hojas, entre la maraña de la enredadera. Me agaché; saqué el revólver por debajo de la cortina y la ventana, lo apoyé en la reja y amenacé con disparar. Volví a oír un movimiento entre las enredaderas, me mantuve quieto y callado. Quizás se había ido; pero no oí nada. Traté de ver en la oscuridad, buscaba algún movimiento delator; todo permanecía en silencio. Creo haber escuchado el lejano maullido de un gato; pero esto no sé si se debió a lo próximo que contaré o a los recuerdos, tan impertinentes, de la jodida noche aciaga de mi querido Frank.

A todo esto, estuve buena parte de la noche pendiente a que se iluminara el apartamiento de Nadja. Pensé en pedirle auxilio, o gritarle que llamara a la policía; aún no me decidía a involucrarla en aquel asunto. Bastaría que el cafre se diera cuenta de mis intenciones para auparse, colocar el nueve milímetros en el ventanal de Nadja y zumbarle al apartamiento. Me alegró, finalmente, que ella no llegara, sobre todo cuando reconocí el tesón criminal del chamaquito, a quien imaginé gritándome, con un odio inusitado y personal: «Te voy a explotar, hijo de puta, te voy a explotar». Esas palabras me congelarían la sangre. Empiné la botella de Sauza, tenía el miedo alojado en las rodillas. Preferí seguir echado detrás del ventanal. Sabía que si intentaba ponerme de pie, las rodillas cederían. Alguien habrá llamado a la policía, pensé.

Entré en la duermevela. A cada rato oía moverse la fronda de la enredadera. Justo por eso sabía que estaba cerca; pero no podía desperdiciar la bala. No sé por qué pendejada mía —quizás la aversión de mi padre a las armas de fuego— siempre olvidaba cargar el pum pum, seguía dejando las balas en la gaveta del maldito escritorio. Hoy lo traje con una sola porque, como ya dije, el día no había sido tan jodido, después de todo. Pude escapar a un tiro en el riñón, y no por aquel gesto como de espantar avispas que le hice a la bala del chamaco, sino por la varilla del arnés. Tenía cañón y una bala. No podía quejarme de no tener un teléfono con el cual llamar a la policía, a Nadja, o al mismo Carlos, quien ya tenía una bala inscrita con su nombre. Sentí llegar el sueño. Dos tragos más y estaría fuera, fuera pa'l carajo. Esta posibilidad me consolaba y atraía. Medio anestesiado por el alcohol, ya no importaría mucho que el chamaquito apechara y me explotara la chola. Apenas sentiría una quemazón afelpada, aún en los órganos tiernos del bofe; entonces supe que justo ésa fue la sensación de Frank cuando lo ensalchicharon: con tanta droga y tanto alcohol que tenía encima, el fogonazo asordinado del silenciador encontraría una masa ya casi entumecida por la inconsciencia.

Me despertó aquel ruido, de alguien como saltándose la tapia que da a la calle. Éste era el momento. Saqué el cañón entre la reja y disparé hacia el jardín; éste es tan pequeño que no había manera de fallar. Y, al menos, no fallé en meterle el fogonazo a un ser viviente. Justo al instante de sentir el halonazo del tiro, escuché el lastimero maullido de un gato, y su desesperado salto y corta carrera entre la enredadera. Toda la noche oí esos maullidos, cada vez más débiles. Por momentos me venció el sueño. Nadja no acababa de llegar. Mejor. Nadie había llamado a la policía. Jodido vecindario… No tenía manera de avisarle a Carlos, Dios tendría que entender eso; además, ya estaba demasiado borracho como para pensar con precisión y aconsejar con claridad. Creo haberme dormido tan pronto dejé de oír los maullidos; pero de esto no estoy seguro. Pudo haber sido al revés. En todo aquello algo reconocí que ya había vivido.

CAPÍTULO X

Desperté hacia las once de la mañana. Corrí al baño a vomitar. Nadja me preguntó que si yo estaba bien; pero no le hice caso, ni le contesté. Así de encabronado estaba.

Lentamente se me fue despejando la espesa niebla que tenía alojada en la frente; cuando entonces se mudó el dolor de cabeza a las sienes, me topé con la certeza de que hoy tendría la mirada de un zombi y la concentración de un tecato a las tres de la mañana, hora universal de la cura infame. Sería un día desperdiciado, uno de tantos que pasamos sentados en –o volcados sobre– la bacineta del inodoro, atornillados a la necesidad, y que, según los estadísticos, son menos que los que pasamos durmiendo y pedorreando a pata suelta. La vida no tiene sentido.

Eso sí, vislumbré una resaca corta. De hecho, si no hubiese estado tan arrancado, me habría comprado una flamante Viuda. Estaba en las de empezar de nuevo con champagne, tenía la lengua medio erecta, el jaleo en el estómago no se me plantearía como una gran dificultad a remontar después de un rato. Algunas resacas son así, inconsecuentes en sus síntomas y caprichosas en la repartición de molestias. Un gran dolor de cabeza, y esa falta de concentración que es la consecuencia metafísica de los temblores en las manos, a veces no se plantean como un grito de desesperación por la falta de alcohol sino como invitación a la fiesta. Todas las adicciones son de un subjetivismo desolador. El adicto está solo y balbucea su experiencia con el paraíso. Por eso dejo que Nadja me hable y no le contesto. Ya me gritó «¡Pues jódete!»; sigo sin dirigirle la palabra.

Presurosamente me había levantado de las losetas frías; tenía algo pendiente. Eso lo recordé como un primer dato que pronto cedería, para que se allegaran a mí hechos más aterradores de la existencia, como que la noche anterior un tecato de mirar turnio —y ya no sé por qué le atribuí el estrabismo al fulano— trató de matarme. Esto pude recordarlo sólo cuando vi la botella de Sauza conmemorativo tirada al lado del ventanal. El revólver colocado sobre la silla de tijera acabó de confirmarme el espanto por el que había pasado, aunque, curiosamente, todo aquello de la noche anterior se me figuraba como una pesadilla, un sueño mortificante y recurrente más que como algo que efectivamente ocurrió con la urgencia, y la evidencia, presentada por el revólver sin balas y la botella vacía.

Todo parecía formar parte de una broma grotesca. De hecho, hasta donde recordé, aquella solitaria bala que por suerte apareció en la manzana del revólver jamás fue disparada. No recordaba haberla zumbado como parte del ple ple, de la oscura pendencia; se había esfumado hacia algún rincón de mi memoria, o de esa parte de la realidad donde ocurren cosas insólitas, como la dimensión desconocida. Temí abrir la puerta de la casita, salir al callejón Génova y encontrarme con el arenal y algún Chrysler Town & Country del año 1949, estacionado y con el islote de Isla Negra de trasfondo, las tres palmeras solitarias al viento… Ya para cuando disparé la dichosa bala, seguramente tenía un lado de la memoria nublado por el alcohol. Este dato, el no saber qué fue de la maldita bala, me traía en un estado de ansiedad. Algo estaba completamente fuera de mi control. Algo permanecía, ahí, mirándome como el Minotauro, a punto de devorarme. Era la única sospecha de que aún permanecía en la oscuridad sobre lo que efectivamente pasó aquella noche. No era la primera vez que esto me pasaba. La memoria del alcohólico es una esponja que cuando seca lo borra todo y cuando mojada no sabe nada, aunque se piense lúcida.

Salí al pequeño jardín. No pude reconocer, sobre la pared de la tapia, las marcas que dejaron las tenis del tecato cuando trepó por allí como un mono. ¿Llegó a trepar? El portón estaba roto, abierto... Al pie de la alta tapia, justo al lado de la gran enredadera de malangas, bajo la duchita que uso para sacarme la arena cuando nado, encontré el gato muerto. Ya estaba tieso, mostraba esa quietud y silencio de los muñecos de peluche. Sentí ganas de llorar. Me contuve. No podía ceder al sentimentalismo alcohólico. Tan pronto le di, ya quedó muerto. Esto lo sé porque obviamente no buscó meterse en la enredadera, como le hubiese dictado, de haber tenido la más mínima oportunidad, su memoria genética; los gatos se esconden, son muy discretos al morir. Para ellos la muerte es el bochorno supremo.

Me bajé, cogí entre mis manos su cabecita; entonces sé que me eché a llorar. Pero esto lo recuerdo como un sueño, sí, porque al rato oí a la Nadja decirme: «No te atormentes, no te atormentes», y ni siquiera recuerdo el dolor que acompañó mi llanto. Lloraba porque no había sorpresa alguna en sus ojos. Aquella dignidad me conmovió. Era un león de la sabana que simplemente se había tropezado con un animal superior a él. No había desconsuelo ni arrepentimiento, lamento ni añoranza en aquellos ojos que sólo contenían el dato de mi bala asesina. Me percaté de esa nobleza por vez primera. Sucumbió a los peligros que siempre reconoció como parte del mundo. No había sorpresas ni lamentos. La bastedad del corazón humano me desoló. Recordé mi miedo, las enormes ganas de mear que me asaltaron la noche anterior. Para enfrentarse a la muerte un gato no necesita el Sauza conmemorativo.

No fui porque estaba borracho, abombado pa'l carajo. Porque tenía un tecato desesperado mordiéndome los talones con su obstinación. Por eso no fui. Anoche me emborraché. Por eso no le avisé. Soy inocente. Es como dice

Nadja: «El mundo está mal hecho, no tienes la culpa, deja de asumir los pecados ajenos. Nadie va al infierno por pecados ajenos». Me repetí esto muchas veces, camino al hotel Atlántico, donde bien que lo sabía muerto y solitario, camino al olvido.

Caminé a la calle Bromelia. Allá al fondo, en el *cul de sac* que le sirve de entrada al hotel Atlántico, ya se congregaban las aves de rapiña, los buitres playeros capaces de soportar el tufo, la miasma marina de la muerte. Porque sí acudí; pero quizás sólo cuando ya lo sabía muerto. No fui porque me emborraché; pero quizás eso fuera sólo parte de la verdad. Me repetía aquello y me torturaba esto último –era una cantaleta a dos voces–, mientras caminaba la callada y solitaria calle Bromelia. Todo el vecindario se había congregado en la entrada del hotel Atlántico. Me cercioré de que tenía mi tarjeta de prensa falsificada; seguramente ya habían acordonado la habitación... Sabía que ella no acudió a la cita aquella mañana, ella que lo amaba, que se había acostado con él; eso lo sabía y me lo repetí, porque ésta sería la mejor manera de obviar la certeza de que le había fallado al pobre Carlos. Si bien es cierto que nadie va al infierno por pecados ajenos, la virtud es infinitamente menos infecciosa que el pecado. Me habían disparado la noche anterior, cojones, y casi me había meado encima. ¿Cómo acudir! No estoy hecho de la mejor madera; eso lo sé y no me lo perdono.

Allí estaban todos los hijos de puta que acuden cuando hay olor a sangre. Se presentaron los mozos de los restaurantes cercanos y las amas de llaves de los hoteles, también los conserjes y alguno que otro turista infectado con el virus de la novelería. Alcancé a ver al Carabine Commander, quien opinaba con ese calmo cinismo de quien ha visto muchos regueros de sangre; lo evité, pues no quería que me diera la lata; con los años sus chácharas se han vuelto espesos neblinares, babote oscuro de manglar apestoso. Noté que Hashemi, quien estaba sin camisa, espechugao como siempre, se veía más panzón que nunca; el tiempo sí que ha pasado... Son los detalles que me parecieron más vívidos, mientras me acercaba al grupo de curiosos. Con una desfachatez cara de lata, le saqué la tarjeta de prensa al policía que custodiaba la entrada y me identifiqué como reportero de *El Vocero*. Le aseguré que el fotógrafo no tardaría.

El Atlántico está asentado sobre el roquedal de Punta Grande, la diminuta península justo frente al islote de Isla Negra. Desde la terraza entablada del hotel se puede otear —una vez le escuché este verbo a Jaime Benítez— toda la playa de El Alambique, hasta alcanzar con la vista ese cremoso vaho de salitre que mejor destaca los pinares de Punta Las Marías.

El decorado del hotel —sobre todo del notorio jacuzzi que mira hacia el arrecife y la playa del Balneario que remata en el aire encandilado y metálico de Boca de Cangrejos— parece haber sido escogido por una de esas chingonas rubias de Atlantic City casada con un hampón de baja monta de New Jersey. Los motivos recurrentes son las estatuas de la Venus de Milo y unas hornacinas, o pequeñas grutas, hechas con pulidas piedras de río. La alusión lo mismo es al amor que a la Virgen María en sus apariciones mediterráneas, porque los dueños del Atlántico nunca superaron el mafioso gusto campesino por las reliquias y los emblemas fáciles. Doy como ejemplo el maldito ascensor «al aire libre» que usaría para subir al cuarto piso del hotel: Las paredes son de cristal ahumado y está techado con pencas de palmeras, así simula un bohío o ranchito caribeño. Siempre argumenté, cuando lo instalaron, que la falta de privacidad del ascensor-pecera le enfriaría las ganas a la pareja adúltera que decidiera gozarse después de varios tragos en la barra. Me argumentaban, ahí mismo en el vocerío del bar, que semejante vitrina sería un modo de montar cara, una manera de echar pecho, de asumir los riesgos del brete; además, la necesidad del ascensor y la cama siempre vendría después de la barra, y ya con el tercer trago nada importaría. Y los que subieran sobrios estarían tan deseosos que sólo enfocarían en el polvo, y no en las miradas indiscretas de los parroquianos del bar, o de las otras parejas del restaurante-terraza sobre la playa.

Cuando llegó el ascensor, salí de estas gravedades, fijándome, por vez primera, que al pie de los anchos paneles de cristal ahumado, la doña del *capo di tutti capi* había hecho pintar la escena de una caribeña playa crepuscular, con palmeras y mujeres desnudas, hembras de pámpanas hirsutas y nalgas rotundas. Aquel emblema, sin duda, era una invitación a la reflexión; lo mismo que sus apretadísimos pantalones «capri», en tela imitadora de piel de leopardo, eran una insinuación simbólica y vulgar, de parapinga ociosa, porque quién se atrevería a abordarla, atracar en aquel muelle, con tanto hijo de puta contándole los pelos en el entrecejo del culo, ustedes dirán.

En estos pesares y pensares estaba —porque en mañana de resaca el corazón está repentino, sentimental y mordaz, todo a la vez— cuando me topé, justo cuando se abrió la puerta del ascensor, con el sargento Antonio Rodríguez Deliz, del Negociado de Investigaciones Criminales. Vestía la guayabera percudida de siempre, apretada a reventar botones, manga corta:

—¿Qué puñeta haces por aquí? Ni te acerques… ¡Lo que me faltaba!

—No te agites… ¿Cómo se llama?

—Un tal Carlos…

—Tenía una cita con él en la barra, a las doce; por lo visto he llegado un poco tarde.

—Porque anoche estuviste abombao…

—Sí, ¿cómo lo sabes?

Rodríguez Deliz no me era del todo hostil, no se crean. Siempre me daba espacio para maniobrar en estos casos donde la empresa privada coincide con el estado en el interés por un fiambre público. Eso sí, siempre estaba malhumorado, padecía de halitosis, flatulencia estentórea y le colgaba una panza que añoraba rebajar para conseguirse nenas de diecinueve. Porque en su juventud fue guapo, y ahora simplemente tenía una hermosa cabeza, con su calva patricia, unas facciones romanas aunque algo carnosas, una papada señorial acentuada por unos espejuelos que le daban hasta cierto airecillo de banquero próspero. No parecía un jodido policía, pero sí lo era. Su segundo apellido, Deliz, no era del todo cafre. Compartíamos no haber cumplido las mejores promesas sociales que nos deparó la vida. También estuvimos muchas veces a punto de una sobriedad definitiva: él había dejado de fumar a causa de ese enfisema que le daba a su voz una calidad fatigosa; sólo bebía los viernes, eso sí, durante todo el día, y se le notaba en la voz progresivamente pastosa. Ya hoy llevaba dos cervezas Guinness sacadas de la nevera del Kasalta. Eso lo sabía yo perfectamente, sí señor.

—¿Llegó el fiscal?

—No, mano, no ha llegado. Estamos en las de tirarnos tres peos y levantar algunas huellas... Hoy es viernes...

—¿Cómo fue?

—Un solo tiro de contacto, a la sien, por lo visto calibre treinta y ocho, usando como silenciador la almohada; pero, y esto es lo raro, ya lo habían ensalchichado con dos punzonazos, uno que tiene que haberle reventado en bandas el corazón y el otro que fue directo a la yugular. Hay sangre por todo el jodido cuarto. Eso tiene que haber parecido una fuente, mi hermano. La sangre ha borrado los rastros de pólvora, te imaginarás... El fulano tiene que haber salido de aquí cagao, todo lleno de sangre. Pero, como siempre, nadie vio nada, y déjame decirte, eso ocurrió hace apenas ocho horas, o quizás de madrugada; es difícil saberlo a simple vista, pero no más de eso. El fulano tiene que haber saltado a las rocas esas de allá atrás, y de ahí echó por la playa... Quizás fueron dos...

—¿Me dejas verlo?

—Sólo si me invitas a un almuercito... en el sitio ese...

—La Angoleña...

—Ese mismo...

—Anda, chico, déjame verlo...

—Un almuercito...

—Vete al carajo.

—¿Lo conocías?

—Ya te dije: me citó para las doce, bambalán...

—Por eso estás aquí, supongo...

—Qué bien, Toño, ¡qué bien!, cada vez te vuelves más inteligente, y eso, que hoy te noto la voz un poquitín pastosa.

—Hoy es viernes, ya tú sabes, y esto no se puede pasar a lo cara de perro.

—Sólo a lo Guinness cabeza de perro, de acuerdo... Oye, Toño, hace tiempo que no fumamos, ¿no tienes nada por ahí?

—No, chico, mano, si este enfisema me tiene jodido... además, hace mucho tiempo que no cae mafufa, todo lo que tiran esos muchachos por ahí es tecata, crack, perico... Droga mala...

—Usted me tira con algo y yo lo ayudo.

—No hables mierda, Manolo...

—¿Hubo mucha violencia? —pregunté ya con el deseo de largarme, y de no ver lo que tenía que ver.

—Acércate. El tipo parece que estaba medio dormido, porque estaba en calzoncillos y no parece haber peleado... Aunque quizás sí, de ahí el tiro en la sien izquierda...

—¿Dejó la puerta abierta o la forzaron?

—Por lo visto estaba abierta. No hay señas de que fuera forzada, y en recepción me aseguran que la segunda llave no ha sido usada; está donde tiene que estar.

Cuando le eché un vistazo a la habitación me percaté de que el desorden era mínimo; se evidenciaba la insistencia del tecato en encontrar algunos billetes, una tarjeta de crédito, lo de siempre, nada más. Me acerqué a la cama y noté un charco justo al lado del acondicionador de aire.

—Y ¿eso?

—Es una gotera que tiene el acondicionador. Como ves, se desbordó; es precisamente por eso que pienso que estaba dormido. Si se hubiera levantado, se habría dado cuenta de que el cubo estaba lleno. ¿Me sigues? Eso tarda muchas horas en llenarse.

—Me sigues impresionando, Toño, me sigues impresionando... No seas canuto. Quizás eso comprueba que murió antes, a medianoche, o en las primeras horas de la madrugada.

—Estaría más tieso...

—Algunos tardan, y tú lo sabes... ¿Cuántas Guinness llevas?

—Llevo dos. Hoy es viernes, ya te dije.

—Déjame verlo.

—¡Qué remedio! No lo toques, que después ya tú sabes... Ay no jodas, Manolo, no jodas.

Justo cuando fui a levantar la sábana, noté aquel impresionante paisaje de la playa. El cartel turístico decía «Puerto Rico» y tenía un marco dorado. Era una hermosa playa de arena blanca, aguas cristalinas y quietas radas en que se camina mar adentro y el agua llega a las rodillas. Otro emblema más, y también una crueldad. Porque aquel paraíso no podía estar colgado allí, y, además, coño, los paraísos no tienen nombre. Ya me iba subiendo, garganta arriba, aquella melancolía impostergable, una tristeza que ningún cinismo curaría. Miré a Toño y bajó la mirada. Me había estado observando. Quizás también él se había percatado del cartel. Sintió vergüenza ajena.

—Era tu amigo, verdad...

—Sí.

—Estoy afuera, quiero echarle un vistazo al paisaje. Se me ha olvidado cómo son estos sitios.

Bajé la sábana. Me subió un buche de bilis. Era la resaca, mi esofaguitis, el horror. Los ojos se le quisieron salir, murió con estos saltándosele de las cuencas, excesivamente abiertos, diría yo. Pero su gran sorpresa también tuvo un elemento cómico, grotesco, porque tenía la lengua como si se le fuera a salir, pero no del todo. Ésta apenas se asomaba. Era la expresión de un ahorcado. Quité por completo la sábana y me di cuenta de que instintivamente Carlos se tapó los huevos, porque pensó que ahí le tirarían. Tenía el cuello muy hinchado, la muerte le fijó aquella expresión como de estar pujando, o de habérsele enrojecido la cara al no querer o poder toser. Tal parecía que primero intentaron asfixiarlo, y cuando no pudieron, entonces fue que le dieron taller completo.

Sentí el estrujón en el estómago. Corrí al baño. Vomité el verde de las tripas. Parece que Toño se imaginó esto; y todo el tiempo que finalmente estuve arqueado sobre la bacineta, con los ayudantes de Toño —quienes antes me habían saludado con una medio sonrisa condescendiente— asomándose a la habitación, riéndose de mi estómago débil, supe que allí y entonces me comenzaba la resaca, porque hasta entonces simplemente estuve borracho.

Cuando halé la cadena, saqué el pañuelo y traté de recomponerme, quise llorar. Aunque las lágrimas no acudieran, de nuevo me asaltaba el sentimentalismo. A Carlos sí que le explotaron su belleza, su perfil florentino y sus magníficas facciones cinceladas, para el mismísimo carajo. No lo podía creer. Allí y entonces, vuelto fiambre, parecía más viejo de la edad que representaba la última vez que lo vi vivo —el pelo quizás se le encaneció justo en el momento del punzonazo—, y aquella expresión de gato medio aplastado, o de cadáver a punto de tirarse un pedo, simplemente me confirmó la absoluta ausencia de nobleza que aflige a la condición humana.

Imaginé la primera página de *El Vocero*: «LO FIGAN EN LA PLAYA». Me importaba mucho que fuera justo este titular. Algo me confirmaría, aunque no sé muy bien qué puñeta.

Recordé que Carlos era zurdo.

Tenía que ver a la puta de Migdalia. La muy cabrona se había zafado del muerto, y eso no podía ser. Quizás sí le avisó que no iría, que ya no podrían verse, nunca más.

Le cogí prestado el Starfire a Tony Puma. Tomé rumbo a la urbanización Santa Mónica vestido con mi traje crema. Había pertenecido a mi tío político, se remontaba en corte y hombreras a los años cuarenta. Lo acentué con un sombrero panamá y una ancha corbata de calicó estridente.

Me vestí así para defenderme de ese San Juan clasemedianero que sabe a Church's y Burger King, que las más de las veces se muestra irresoluto entre un suburbio de Orlando, Florida, y una candente barriada de la semirruralía antillana. Ese Puerto Rico suburbano me resulta ajeno, tan distante que la única manera de confrontarlo aquella tarde era con algún disfraz anacrónico.

En estas tres calles de Punta Grande residen todas mis apetencias, frustraciones y desconsuelos. Para nada tengo que salir a enfrentar la solanera y los tapones... Después de darle el taller con el punzón descubrieron el .38... Por un rato discutieron si se lo llevaban o no. Decidieron llevárselo... Ella lo llamó y le dijo que no podían seguir... Eso mismo le dijo... Le jodió la cabeza... Él estaba armado, paranoico, con los nervios jodidos y la mente flotándole en perico... ¿Por qué le colocaron las manos encima de las bolas? O quizás le susurraron: «Te vamos a capar». Fue lo último que oyó, medio dormido, antes de despertarse al horror.

Aquí y entonces ya iba tropezando con cada tapón en la ruta de la urbanización Santa Mónica, cuando me puse nostálgico, reconocí que mi antiguo Starfire, el de las pendencias y desapariciones sólo temporeras, resultaba poco más que un casco de moho sin tapa para la guantera, con un hueco enorme en donde estuvo el radio robado por unos títeres equipados con formón. Había pasado tanto tiempo. Mi vida ya tenía acumulada mucha basura, bastante chatarra y muchas letrinas repletas.

Por eso, justamente por esta maldita resolana asfaltada que tiende sobre la ciudad un vaho tierroso, prefiero usar la guagua. Cuando tengo que hacer gestiones en los moteles, o fotografiar achulamientos en Piñones, o besitos de despedida en el estacionamiento de algún Burger King perdido en la maraña suburbana, simplemente pido prestado un auto. Convencí a Carlos de las virtudes del hotel Atlántico; tuve que tranquilizarlo en lo tocante al ascensor; así lo tendría cerca, pensé. Pero los muertos resultan más indómitos que los vivos. Aquí me tiene el muy desdichado en este cruce de la meca a la tuntuneca, del tingo al tango, sufriéndome esta ciudad que nunca parece salir de las inmediaciones del aeropuerto —así de anodino es su moderno paisaje urbano—, y que debería tener visera y menos hijos de putas.

Llegué agotado. En aquel sitio las casas lucían una somnolencia particular; de vez en cuando se animaba el paisaje: algún corredor de bolsa saldría para la oficina a las nueve de la mañana, ya con la nota de perico, o alguna Migdalia pisaría a las diez el estribo del adulterio, sentándose en el Mercedes Benz o el BMW con las pantaletas encendidas. Aparte de eso, todo lucía tan apacible; era una vida de puertas adentro y muchos recovecos con tabiques invisibles. Los céspedes se sucedían con una simetría y un orden que supuse engañosos.

Al bajarme de mi tartana, cuando me reajusté las Ray Ban y comencé a buscar los números de las casas cuya arquitectura se repetía sólo en la jardinería —porque la ostentación con piedras ornamentales, bloques de cristal y ventanas francesas era un inconfesado anhelo de individuación—, sentí que semejante civilidad disimulaba mentes criminales. Yo era el pelado, el muerto de hambre, un alma vengativa, a mí me tocaba el resentimiento; y lo asumí con gusto, blasfemé contra la hipocresía de aquella clase que anheló mi madre, me dije que no había derecho a que al pobre de Carlos le hubiese sucedido aquello, no señor. Ahora bien, también se lo buscó, y esto me lo repetí hasta el cansancio: necesitaba no sentirme culpable por lo sucedido. Después de todo, Carlos me mintió. Me dijo que después de la llamada criminal, la del pañuelo, todo se había enfriado. Estaba quitado del brete, o medio distante. Me dio a entender que se habían dejado, que él había seguido, finalmente, mis consejos. Estaba, quedó, a su aire y riesgo, cometió una equivocación que le costó la vida. Finalmente se reveló, la muy cabrona, como lo que siempre fue.

Tenía esta dirección porque la vieja me la había dado cuando pretendió que espiara a la hija. Repasé los hechos del día anterior. Recordaba perfectamente, ahora que la solanera de las tres finalmente me había disipado todo vestigio de resaca, algo que me había extrañado mucho en la conversación con la vieja. Migdalia jamás tuvo intenciones de ir a la cita, creo que conspiró con la madre para ensalchichar a Carlos. Quizás tuvo que confesar que iría a la cita so pena de perder a los niños, para siempre. Entonces, ¿por qué puñeta no le avisó a Carlos? ¿O le avisó?... Me dijo que no podía. ¿Por qué carajo? Ayudó a tender la trampa. Le dijo a Carlos: «Déjame la puerta abierta»... Esto me lo dijo a mí; estoy casi seguro... Me dijo que le había pedido eso a Carlos, y que tuviera cuidado... De esto estoy bastante seguro. También me extrañó que en su llamada la vieja insistiera tanto en que se lo dijera a ella, a Migdalia. Como si estuviera disimulando la complicidad con su hija. Carlos me mintió sobre su corteja y también le mintieron a él; lo engañaron, lo entramparon. Una mentira doble casi siempre conduce a la catástrofe. También la credulidad generalizada es mortal. Pero un mundo perfectamente inmoral no es viable del todo. Sólo la virtud evita pedos mayores. Y yo no fui ese virtuoso imprescindible, insobornable, solitario.

Por fin encontré la casa, y también a un jardinero que tenía los calzones caídos y una panza desnuda y colgante. Tenía puesto por el cuello un pañuelito para el sudor, y una gorra hecha con papel de estraza. Parecía un cantinflas, el peladito sacado, justo, del cine mexicano de los años cuarenta. Con una podadora recortaba el seto de pavonas que marcan el límite de la propiedad. Tenía los ojos azules; eso sí lo recuerdo con viveza. También lucía una barba ralísima que dejaba casi al descubierto un cutis bronceado, curtido.

—¿Está la gente? —pregunté con una voz pasada por el bajo profundo callejero de la Loíza. El jardinero levantó la mirada y sonrió; ya me tenía clavado con aquella displicente mueca que acentuó la sonrisa.

—Están allá afuera… Ayer se fueron, se da cuenta… No sé nada más de eso, de verdad pai…

Con su voz de trueno y aquella sintaxis de barriada rural, casi estuvo a punto de sorprenderme. Pero yo no había venido de tan lejos a que me trataran así, a puro mondongo, y con aquella displicencia de campesino malhumorado y parejero. Me planté.

—Oiga, que no lo entiendo; puede hablarme y mirarme a los ojos… —Aquí y entonces me arrepentí algo. Me figuré clavado con las dos cuchillas de la podadora, o castrado a las mismísimas tres de la tarde y en medio de aquella urbanización que habría impresionado a mi madre, con la solanera golpeándome el desconsuelo de no ser santo.

—¡Qué le pasa a usted! Yo estoy aquí, se da cuenta, como que hago mi trabajo, don, y usted que viene a joderme. Ya le dije que no sé nada. Se fueron.

—¿Adónde?

—A Santo Domingo, allá afuera, ellas son de allá…

—Pero no el marido…

—No, él es de aquí… Pero ¿por qué me hace tantas preguntas?, yo estoy haciendo mi trabajo simplemente, señor, no ve…

Ya no mascullaba tanto las oraciones. El mal humor lo encaminaba a volverse elocuente.

—¿Van a estar mucho tiempo por allá?

—Oiga, jefe, usted sí que hace muchas preguntas. Eso no es asunto mío.

Saqué mi chapa mickey mouse de investigador privado. Cuando aquel fulano pretendió fijar la vista, la guardé rápidamente. Tuvo su efecto. Le aseguré que era agente de la policía de Puerto Rico, e investigaba un asesinato cometido en Isla Negra.

—Bueno, pues van a pasar un tiempo allá afuera, creo que unas vacaciones cortas, o algo así; eso me dijeron. Yo sólo soy el jardinero, se da cuenta.

CAPÍTULO XI

El destino que aún resulta enigmático, tantas dudas, una que otra urgente aprensión sobre mi edad y sus limitaciones, la sospecha de que toda mi vida ha sido una equivocación, un enorme borrón ya que no una misericordiosa tachadura –como la de Frank–, me obligaron a esa borrachera que hoy, hacia las diez de la mañana, ya había curado con los maternales cuidados de la Viuda. (Le pagué tres dólares a un titerito después que se la tumbó al liquor store de la esquina.) Ahora, pues tan sólo me queda completar la neurastenia del crepúsculo, consolar este vacío con una atención lacrimosa, sentimental, a esos cantos gregorianos que Nadja escucha al amanecer y en la hora tardía del incipiente desconsuelo veraniego, porque estamos en marzo, los crepúsculos se vuelven largos y ceremoniosos, ya entran las últimas resacas a la playa y una extraña espiritualidad ha invadido este rincón de la casa de locos. Me conmueve la inocencia de esos cantos a los que la Nadja se ha vuelto adicta. Son mi infancia católica, ordenada, misericordiosa en sus respuestas siempre disponibles.

Pero antes fue distinto, porque entonces me fue subiendo, hacia las once de la mañana, aquella impostergable urgencia de aparearme con alguien. Halaría, eventualmente, por el *Glamour* antológico sobre el culo como ensoñación erótica, eso también lo sabía. Este apetito sexual que no admite posposición es la mejor prueba de que la cura se ha cumplido. La resaca cede, y ya sólo queda el apestoso clamor marino del sexo. Casi siempre ocurre después de las peores vomiteras, aunque también podría ocurrir en medio de éstas. Muchas veces le oí a mi madre aquellas negativas y protestas mañaneras, mientras mi padre transitaba sus peores resacas. Salía del cuarto echándose la bata sobre la camisa de dormir transparente —la que transformaba aquel hondón oscuro de pelos entre las piernas en deseo de mi padre y asombro de nosotros—, con aquella indignación de gran señora, gesto seguramente aprendido en las películas, uno de sus grandes e inevitables papeles en la vida. Y mi pobre padre borracho, el que apenas tenía aguante para el alcohol y tanta frialdad, ahora quedaría solo y arqueado sobre la bacineta, preguntándose por qué Dios le había dado ese gusto por los tragos y tan poco estómago, una mujer tan bella e implacable, ¡por Dios! Acudí a la cita con majuana, ¡le cul!, la única variedad sexual que tengo últimamente consiste en jalármela con la derecha en los días pares y arrancar con la izquierda en los impares.

Ayer en la mañana también descubrí que el titular de *El Vocero* se excedió en crueldad, superó en fantasía mis peores presentimientos, aunque, justo es decirlo, fue de una precisión aterradora: «¡CLAVAN ARQUITECTO EN HOTEL!». La clavada fue con el punzón y con la cogida de pendejo, porque ya no me cabía la menor duda de que Migdalia lo rateó.

Gato por gato, el gato de Frank, y el del tiroteo de las otras tardes, los tengo confundidos, atados por el cuello. Antier, cuando regresé de la urbanización, y justo hacia el crepúsculo, hará de eso cuarenta y ocho horas, encontré el punzón, clavado ahí, en el jardincito, en la tierra más oscura, en la maraña por donde debió esconderse el gato para morir. Es que lo estaba enterrando —su cuerpo tieso, de palo, recubierto con esa pelambre que se volvió peluche, irreal como esa muerte sólo delatada por aquel líquido verdoso que le salía entre los comillos—, justo cuando lo vi allí espetado. El punzón, clavado casi hasta el cabo, allí en la tierra oscura y arenosa, se había nimbado, tenía una presencia perturbadora, de verdad, créanme. Las palpitaciones no me extrañaron, el corazón tropezaba locamente dentro de mi pecho. Del punzón emanaba el aura de nuestra culpa, se congregaban las aves que anunciaron aquellas lluvias, tan conocidas, aquel aguacero de ansiedad, de inquietud justificada, porque había un lado de mí que aún era incapaz de ver.

Busqué durante todo el atardecer, hasta que ya no hubo más claridad, y no encontré nada, un carajo. Rebusqué en el cesto de la ropa sucia y en el pequeño gavetero que me sirve de mesita de noche. ¡Nada! Miré debajo de la cama y entre la maraña del jardín. Escarbé en la tierra oscura, y nada. Siempre tuve fama de sonámbulo; eso es algo que no les he confesado. Pues según Frank, y mi madre, era capaz de levantarme y caminar dormido por la casa, durante toda la noche. Pero ellos siempre me tuvieron aquella tirria gratuita; no tenía por qué creerles. También busqué en varios zafacones del barrio, hasta removí la basura y desperdicios dentro de ellos. Me aterró la posibilidad de encontrar mis ropas ensangrentadas, la sangre oscura y ya reseca, de tanto esperar para acusarme. Sería la sangre de Carlos, como la otra vez fue la de Frank, ¿no? Rebusqué frenéticamente. Tenía la obligación suprema de despejar aquellas dudas sobre mi sonambulismo. Quedé sometido, cautivado por la siguiente posibilidad: justo cuando lo vi venir, a él, al tecato de mirada turnia, ya había matado a Carlos. Éste murió al atardecer del día anterior, no fue ni de madrugada ni en la mañana. Cuando saltó a mi jardín, y espetó allí el punzón asesino, Carlos era fiambre. A mí, a mí como que volvieron a regalarme la duda, esta incertidumbre con la que he aprendido a vivir. Volví a buscar en el armario, detrás de la nevera y estufa, en otros zafacones del vecindario, en los pastizales de los solares vacíos. Cayó la noche y ya sólo tuve la certidumbre de no haber encontrado mis ropas, las que fueran. Volví a mirar en el ropero. Tampoco me faltaba ropa. Que yo recordara, no me faltaba nada. ¿Quién soy yo? Soy el hermano, el amigo que ha vuelto a fallar. También me repito que soy un pendejo, alguien impresionable hasta el ridículo, un fulano con facilidad para el susto.

Aquella mañana seguía enfermo, durante toda la noche tuve un ataque de asma; eran los residuos del asedio histérico de octubre. El viejo me dio permiso para quedarme en casa, faltar a la academia, comer jobos, no tener que esperar ansiosamente a que mi madre bajara la cuesta de la calle Wilson, a llevarme la merienda escolar, las galletas con mantequilla y el invariable jugo de pera, todo su mal humor; tenía siete años; toda la mañana me quedé acostado sobre el entablado de la galería, mirando por las hendijas. Aquello fue una fiesta. Cuando llegó Frank, hacia las tres, lo oí cuchicheando con mi madre. Conspiraban. De pronto echaron a correr hacia acá, pretendían abalanzarse sobre mí, tomarme por asalto, diría yo. Corrí hacia el baño al final de la galería, mi madre blandía el machete con una mirada criminal, de loca, perfectamente excesiva. Esto último lo reconocí después; pero en aquel entonces no pensé que estuviera actuando, así de impredecibles eran sus temperamentos... En algún momento dejé de correr y me tapé la cabeza con los brazos; esto lo recuerdo vívidamente. Recordé la mirada enloquecida de mi madre, reconocí sus intenciones criminales y me agarré la cabeza con los brazos; ése fue el orden de mi espanto. Aquel machete descendería sobre mí, sin duda. Acaté la voluntad de ellos con una pasividad pasmosa. Sólo lloraba. Me preparé para la ejecución. La realidad no es nada confiable. Oí la voz enardecida de mi madre, me gritaba «Condenación de centella»; entonces empezaron a sonar, sobre mi cabeza, los silbidos del machete. Hasta sentí una pequeñísima brisa que me acarició el cogote. Frank reía de lo lindo, hasta cagarse. Aquella mañana tuvo que asistir a la escuela, a pesar de sus pataletas y las protestas de mi madre. Bajé los brazos sólo cuando oí que los dos reían. Comentaban, entre carcajadas, lo bien que el machete de madera imitaba los silbidos del auténtico. Bien que lo usarían para el disfraz de jíbaro, porque la fiesta de Navidad de la academia sería la semana próxima. Sin más empacho que mi horror, volvieron a reír, y a elogiar las cualidades del machete falso. Se alejaron. Repasé el horror hasta dejármelo muy grabado. Lo más que me afectó fue ver, en el fondo de la simulada locura de mi madre, aquella sonrisa malévola, la crueldad, como cuando me miraba la pinguita y me decía que se me habían quedado con el cambio. Era una abundancia de dureza, allá en el fondo, muy al fondo, de la locura fingida. Frank rió todo el tiempo. Y es que Frank siempre se pareció a ella, pero sin el disimulo. Tenía la franqueza, el desparpajo del depredador. Mi miedo fundamental ya les resultaba notable. Era una invitación. Aunque lo peor que me hicieron, la gracia de aquel otro día, aún más aciago, no lo recuerde. Sé que está ahí, lo presiento. Pero no lo recuerdo. Se lo tragó el Minotauro.

Finalmente murió de cáncer de la matriz. En su agonía gritona pude reconocer algo de aquella sonrisa malévola, que ahora se había mudado a la superficie del gesto. Y en el fondo, muy al fondo, reconocí nuevamente la mirada enloquecida. Se había completado el reverso de la experiencia agonizante del machete. Era como voltear con exactitud un guante, ajustarlo nuevamente a la mano, pero al revés. La crueldad de algunos seres es capaz de despertar a Dios, de obligarlo a establecer su justicia, porque Dios no se queda con nada de alguna gente.

Se me hizo difícil conseguir la entrevista con el marido de Migdalia. Eso fue ayer, hacia el mediodía. No sé si llamé justo porque quería zafarme de la obsesiva insistencia en encontrar mis ropas ensangrentadas. De todos modos, recurrí al viejo truco de presentarme como agente investigador del NIC. Fue sólo entonces que la secretaria del cornudo de Roberto Contreras se dignó a ponérmelo al teléfono. El resto del tiempo estuvo vendiéndome la caca de que estaba reunido.

—Y ¡qué tengo que ver yo con eso?

—Estoy seguro que nada. Pero mire usted que se ha llevado...

—¿Quién es usted?

—El sargento Rodríguez, de aquí del Negociado...

—Y me dice que me ha llamado para...

—Es que se sacó el siguiente premio... Su tarjeta de presentación apareció entre las cosas del hombre asesinado.

—¿Cómo me dijo que se llamaba?

—El sargento Rodríguez...

—No, no, el muerto...

—Carlos Ruiz.

—No lo conozco.

Insistí en el bluf:

—Quizás eso sea verdad, pero él sí lo conocía a usted. Encontramos su tarjeta en la cartera de él. También apareció, en el dorso de la tarjeta, la fecha en que fue asesinado, o sea, la fecha de ayer, y en la parte del frente tenía subrayado el nombre suyo, mire qué coincidencia. Yo pienso que ese día él tenía una cita con usted.

—Ya le he dicho que no conozco a ningún Carlos Ruiz. —Aquí su voz se volvió menos jaquetona y hasta cobró cierto airecillo de aprensión. Esto lo advertí aun a través del auricular. Lo tenía intimidado. Me sentí satisfecho. Me lo imaginé en su gran despacho de muebles daneses y estanterías repletas de libracos legales. Seguramente era un hombre acostumbrado a conservar las instrucciones de todo lo que compraba. Era un hombre eficiente, aunque vulnerable. Eso pensé.

—No importa. Tenemos que averiguar todos los ángulos. Piénselo como una investigación de rutina. Tenemos que cotejar todos los números de teléfonos, direcciones y pistas que aparecen en un hombre asesinado... No hemos podido arrestar a nadie... Tenemos pocas pistas... Usted es abogado y debe saber que una investigación agota todas las posibilidades...

—¿A qué hora quiere reunirse?

—Hacia las cuatro de la tarde, hoy si es posible.

—Venga a las tres y media. A las cuatro tengo unas deposiciones.

—Seré puntual.

Esta vez me movilicé en guagua. Me bajé en la avenida Muñoz Rivera y caminé hacia las escaleras automáticas del Banco Popular. Volví a sentirme anacrónico, fatulo y resentido; era el fenómeno de la feria, todo el mundo me miraba. El marido de Migdalia tenía alquilada la suite 909; el bufete con más apellidos, ése era el de él; así fue que siempre me lo describió Carlos. Me había disfrazado con el traje que mi tío compró pasado de moda y estaba en las de acometer con toda la verdad, formar reguero; no era para menos; era lo que bien se merecía la puta de Migdalia. A las cuatro de la tarde, justo a las cuatro de la tarde, aquel abogado exitoso, con genio para diseñar inversiones y aconsejar sobre las altas finanzas, dotado de arrogante impaciencia, tendría su maldita reunión, y también su matrimonio destruido. Aclararía su perplejidad asegurándole mi verdadera identidad: «Tenía que lograr acceso a usted de alguna manera»… le ripostaría cuando amenazara con acusarme de falsa representación. Le hablaría de los muchos manejos de su mujer y de su suegra, de la cabronada que le hicieron al pobre de Carlos; y cuando finalmente lo tuviera contra la pared, lo remataría ofreciéndole datos concretos de su vida que yo no tendría por qué saber, a menos que estuviera investigando las infidelidades de su esposa, husmeando su condición de cornudo consecuente. También le hablaría de fechas precisas y moteles notorios; cuando lo tuviera con la quijada medio caída, le hablaría de la llamada de Migdalia el día anterior al asesinato. Le aseguraría el papel protagónico, en todo aquello, de su suegra dominicana con catinga de mulata cimarrona. En fin, me mostraría implacable, haría resonar en mí aquella carcajada de mi madre, sin duda latente, sólo dormida, en mi genética.

Todo esto me lo repetí mil veces, antes de tocar el timbre de la suite 909. Resulta curioso; pero cuando apreté aquel timbre, ya me reconocí derrotado. Oí una voz que no supe localizar, me sentí observado. Una mujer bellísima —¡la secretaria!— vino a abrirme aquella ostentosa puerta hecha en caoba y adornada con molduras señoriales. Le aseguré que no me había percatado del intercomunicador, turbado le repetí que no supe localizarlo. Me lo mostró a mi derecha, con un mal humor condescendiente, y entonces procedió a repasarme de la cabeza a los pies, aquella mirada dura apenas atenuada por la belleza de unos ojos Bette Davis, aunque no tan separados... El gesto permanecía indeciso entre la adivinación de algún mal olor que emanaba de mí y la certeza de que yo era un fenómeno de feria. Entonces pasó de la condescendencia a cierta altanería de subalterna que cura su resentimiento con trajes de hilo largo Chanel. Su belleza de cutis perfecto y blanquísimo, de pelo azabache y recogido en moño, de facciones exquisitas, sólo alteradas por aquellos espejuelos de montura algo estrafalaria —sus ojos pedían disimulo, no acentos, pensé yo—, me tenía bastante turbado. Su arrogante seguridad, su brillante *panache*, casi me provoca un ataque de timidez. Además, no cesaba de mirar mi corbata de calicó florido, como si ésta tuviera una mancha, o algún residuo, ya reseco, de una de mis vomiteras. Me reconoció como lo que era, es decir, un pobre diablo culicagado, intimidado por el lujo, las telas y las maderas, la elegancia, el poder y la arrogancia de aquella parte de la jodida ciudad que llamaban la Milla de Oro. Al sentarme recogí los zapatos, supuse que algo de mis sicotes llegaría a aquella nariz perfecta y que equilibraba una mirada triunfante y despreciativa, altanera. Me juré revelarle a su jefe hasta el número de pelos que tenía Migdalia en el culo.

Pero si aún no había probado lo peor, me dije, tranquilo... Finalmente me hundí en el cómodo sofá de cuero que parecía cabritilla. Me sentí de quinta categoría. Jamás tuve una pájara tan bella, tan *fancy*, culeándose entre mis brazos. Allí y entonces supe que Roberto se entendía con aquella hembra. La agresividad de ella me lo confirmaba. Yo había sido el imbécil que junto al mamao de Carlos lo había cagado todo, provocándole a su cortejo aquel criminal ataque de cuernos, tan *passé*. Ahora todo era un soberano reguero, y se acabaron las mentiras sexy, como aquella huelga de los controladores aéreos de Saint Martin, que los mantuvo en la singadera a culo alto y pata suelta mientras Carlos y Migdalia se comían las uñas con tantas irresoluciones y pendejeces. De esto estaba *casi* seguro. Aunque sabía que la verdad de los seres humanos ya no me importaba tanto, eso pensé... Y todo el tiempo que continuó escribiendo a maquinilla estuvo mirándome. Había perturbado el *ambiance* cachendoso de aquel bufete; las paredes de oscura caoba y los muebles Luis XVI, tan eclécticamente escogidos, me lo aseguraban; había degradado aquel rinconcito, como antes fui el tonto, sólo útil para alterar esas hipocresías que hacen del matrimonio una alegre diversión, un ejercicio virtuoso de duplicidad, una temporada en esa clandestinidad parecida a la del espionaje. La bellísima secretaria hasta llegó a mirarme con severidad. Sólo entonces me percaté de que tenía puestas las Ray Ban y no me había quitado el sombrero panamá. Quise atenuar los efectos devastadores de mi presencia. Me descubrí. Pero cuando me quité las oscuras gafas de sol, no pude mirarla. Aquélla era una leona cuidando a su cachorro. Llegué a esa conclusión. Recordaba mi insistencia cuando llamé al mediodía, seguramente escuchó mi conversación con el tal Roberto de la puta Migdalia.

Por fin me recibió. Era un hombre de cara cuadrada y algo mofletuda. Como Migdalia, estaba a punto de alcanzar la cuarentena. El traje, que muy posiblemente era una pieza en seda cruda de Armani, le quedaba pintado. Me pareció uno de esos hombres bajitos a quienes la ropa siempre les queda como hecha a la medida; todo lo contrario de mí, que parezco degradar los trajes, convirtiéndolos en ropa de cama mañanera, en el mejor de los casos sirviéndoles de percha. Lucía uno de esos espejuelos pequeños y redondos, con montura de carey; parecían espejuelos caros, de diseñador, ¿Ralph Lauren?... Me reconocí inferior y miserable. Además, la belleza varonil de aquel rostro remataba en un cabello abundante, imponente, nada parecido a las ralas guedejas que me servían de consuelo, porque ya me estoy quedando calvo, sí señor, como mi padre. Aquel cabello estaba peinado hacia atrás con una autoridad inamovible, tengo que admitirlo. Tenía justo la cantidad prudente de brillantina, o de eso que ahora se llama «musk». Pensé que semejante cabello era pintado. Los tonos aceitunados del cutis trigueño de Roberto mejor se acentuaban con aquel pelo azabache. Eso él lo sabía muy bien, o su peluquero pato.

Después del saludo la conversación tomó un giro inesperado. Él se adelantó y me aseguró que recordaba al fulano ese, al tal Carlos Ruiz. Se trataba de un viejo amigo de su mujer —«arquitecto, ¿no?»— y hacía mucho tiempo que no lo veían. Era alguien del pasado de su mujer, una amistad de la juventud de ella, que conste... Aquí reconocí algo de la rabia, del odio que vislumbré en la grabación que me llevó Carlos. Pero no estaba seguro... ¿Habría sido capaz de tanta violencia y rabia contra él mismo?, con tal de aterrar a Carlos y la Migdalia... Supuse que después de aquella llamada se echaría a llorar. Pero es que aún soy un sentimental impenitente... Roberto fue preciso y al grano. Aquella actitud iba con su traje Armani y todo lo demás. En aquel hombre había una evidente economía de recursos emocionales. Era compacto y nada sentimental. No hubiese querido tenerlo de enemigo. Dio por terminada la reunión y me amenazó con llamar a la policía, porque obviamente yo no era un investigador del NIC; no tenía pinta ni vocabulario de guardia. Me congelé. Sin duda fue aquélla la voz de la grabación, fue él quien pagó el asesinato de Carlos. Además, era evidente que el fulano sabía todo lo que había que saber sobre mí, o sea, me tenía agarrado por las bolas. Quise justificar mi reculada y miré las fotografías de los niños, puestas allí, como trofeos, sobre el mueble detrás del escritorio. Me dije que bien valían ellos la conservación del matrimonio, además, ¡cómo estar seguro de que fue aquel hombre –y no la madre de Migdalia– quien mandó a asesinar a Carlos? Sería una investigación larga, quizás gratuita, con toda seguridad hecha de gratis... A estas alturas, ¿tendría contentas a la suegra y a su mujer, seguirían ellas con los ojos tapados? Sí, porque me parecía el tipo de hombre que le tapa la jodida realidad a su mujer. Era capaz de eso y mucho más, como rematar con un tiro de contacto y auxiliar la vesania de un adolescente boricua bajo la influencia del crack.

—¿Está satisfecho?

—Sí.

—Más vale.

—No me estará amenazando.

—Sí; lo estoy amenazando.

En él todo era así: compacto, terso y al punto. Sólo por un momento, en la conversación telefónica, logré intimidarlo, y seguramente fue porque aún no me había visto esta cara. Si aparentaba no saber nada, pues eso no lo sé; sólo sé que era un hombre que defendía a su familia. Sí, eso, muy posiblemente, ¡aquellos niños! Aunque, tampoco estoy tan seguro; quizás estos estados de incertidumbre sean los que me lleven a despedirme de esta profesión, ya de una vez y para siempre. Se me hacía difícil concebir en este hombre, tan acicalado y de tan buen peso, aquella voz rabiosa, tan llena de odio, la de un asesino, la de esa grabación que me llevó el infeliz de Carlos. Pero... Ya no sé. Quizás sea un hombre frío e indiferente, de la estirpe de mi madre más que de la raza de Frank. Mi primo, el que estuvo en Vietnam como oficial de inteligencia, era así: Había en él ese gran desapego ante el dolor más cercano, o las emociones más urgentes. Justo. Era a mi primo a quien me recordaba. Estuvo en Vietnam y jamás hablaba de Vietnam… Éste jamás le hablaría a Migdalia del final de Carlos. Nunca se daría por enterado. Ni se lo mencionaría. Le taparía los ojos, y ya. También la haría profundamente infeliz… Y en esto mi primo era consecuente. Había una frialdad e indiferencia fundamentales en aquel hombre. Podía vivir contemplando al Minotauro, mirándolo a los ojos. Es gente enamorada de la belleza y el pavor que caracterizan al Minotauro. Estuvo en Vietnam y vivió la historia de aquella guerra sólo como si la hubiese leído. Era increíble. Nos tapaba los ojos a todos. Roberto también era un hombre fuerte.

Hubiese querido grabarlo como una cantaleta de Viernes Santo; simplemente para el récord, me repetí esto: «Cuando conocí al marido, cuando vi su inocencia fundamental, pensé en los niños, y no le dije nada». Aunque, en realidad, fue cuando vi los ojos inocentes de aquellos niños que me decidí. Respecto a él, pues respecto a él siempre quedaría en la duda. Como también Migdalia quedaría en la duda, tratando de identificar, durante el resto de sus días, aquella voz telefónica disfrazada por el pañuelo. Quizás la torturaría el presentimiento de estar durmiendo junto a un asesino. Era una posibilidad. Pero esto sólo sería el justo, aunque menos severo, castigo por su duplicidad; esta duda de si él, efectivamente, lo remató o mandó a matar, de si él lo supo siempre, o comenzó a enterarse cuando escuchó, antes que ella, la llamada del pañuelo… Se acostarían, se gozarían; pero en el fondo de sus malos humores y frialdades, indiferencias y rabias repentinas, siempre estaría aquella duda. Con ésta aprendemos a vivir, me repito. Es como mirar al Minotauro, y no desviar la mirada: «Cuando conocí al marido, cuando vi su inocencia fundamental, pensé en los niños, y no le dije nada».

¿Cómo entender esta ciega estupidez que nos caracteriza? Quizás por no entender es que he juzgado durante toda mi vida. Justo. Por no entender. Es así. No entiendo nada. Y ya no sólo soy incapaz de juzgar los actos, sino que tam-

poco puedo presentirlos, adivinarlos, o predecirlos sabia-
mente. Es tiempo de retirarme. Me acogeré a un temprano retiro de caballero. Pero entonces permanecería como un
moralista sin materia prima. Empecé por no entender que
Carlos se entregase a aquel adulterio con semejante alegría,
con esa chingona amoralidad que me asustó. Pero así fue:
Quizás sea cierto, como tantas veces se ha dicho, que esa
antiquísima introducción del pene en la vagina no admite
juicio alguno: muchos pelos, olores fuertes, tejidos suaves,
flujos espesos y solemnes, la cercanía de la mierda, digo yo,
tiene que ser eso.

CAPÍTULO XII

El canal entre Punta Grande y el islote de Isla Negra me revela sus azules oscuros. Son las ocho menos cuarto, o quizás antes; emprendo el nado hacia el islote. El agua está fría, quieta, y, sobre todo, muy pesada; hay poca brisa, justo a esta hora, durante esta época del año. El detalle que persiste, que no me abandona fácilmente, es ese azul tan oscuro; es un azul añil; el agua está viscosa, sigue pesada, lame contra el cuerpo con esa intención que brota del silencio que me rodea. El chapaleteo del agua contra mi cuerpo es como el de un fantasma que nada al lado mío, justo ahí donde apenas se alza la cresta, o donde súbitamente se cruzan dos olas, formando espumaje. Traigo el punzón amarrado con una cabuya al cinturón del traje de baño. Envolví la punta filosa en tiras de esparadrapo; es como si hubiese momificado al arma asesina.

Ya voy entrando al bajío. Las briznas submarinas, esas algas ondulantes y ensimismadas, lamen contra los muslos como lenguas de tantos muertos. Entonces me asalta la visión improbable, la ciudad; me percato de los altos edificios que le dan a la playa de El Alambique, hasta el cementerio Fournier, ese aire opresivo, urbano, de promiscuidad inminente, aunque silenciosa. Pero aquí, en el agua, con las anteojeras que me convierten en espantapájaros marino, estoy a resguardo de esa rabia que anida mi corazón, de tanto resentimiento sin consuelo posible, porque me siento jodido, porque sí que me ha tocado esta puñetera sensación, la de quizás encontrarme al final, muy al final, de ese error enorme que ha sido mi vida. Aquí, cercano al islote de Isla Negra, sólo me consuela esta intimidad, una secreta complicidad con el agua, la del criminal que esconde el arma asesina. Sé que el revólver está por ahí, en algún lado, no sé si hacia las rocas o en la estrecha playita, ya no recuerdo; creo que lo enterré dentro de esas piedras cóncavas y filosas donde Frank y yo tendíamos las barbacoas, en aquellos años de la jodedera, ciertamente. Quizás vino la marea alta y lo desenterró para siempre, lanzándolo al mar, justo por encima del borde de esas rocas.

Me pongo de pie, el cruce me trae mareado, tambaleante, tanto así que temo cortarme con las filosas rocas que vigilan la entrada a la playita, y que se extienden, a ambos lados del islote, de este a oeste y por todo el arrecife. Siento el vértigo, la certeza de que ya pronto estaré a salvo de mí mismo. Escarbo, escarbo en la tierra como un mismísimo perro que esconde el hueso, siento, justo en el pie izquierdo, esas piedrecillas, también los caracoles rotos que a mediodía lucirán más blancos entre las ralas yerbas del islote. Escarbo hasta probar la humedad; entonces lo entierro, y de pronto siento el abandono, estoy varado en este islote; es como si me hubieran tachado, como si no existiera, quedo sin una sola mirada puesta sobre mí, sólo vigilado por la conciencia, la envidia del mamao de Carlos, quien ahora mismo yace en el cementerio, odiado por la viuda, porque, en verdad, eso, pues, bueno que le pase, puñales, por haber creído en el amor de un cohete quemado, por haber añorado tanto su juventud, coño, enchulándose de una bellaca convertida en cuero, la Migdalia. Envolví el punzón en una bolsa plástica que sujeté con goma elástica… Sigo cansado; el esfuerzo de haber nadado hasta el islote me trae algo eufórico, los sesos se han distendido, en el peor de los casos me siento mareado, como si el cerebro fuera una boya que se mueve según el vaivén de las olas. Recordé cuando nadábamos todos al islote, a montar bayoya, a arrebatarnos con pasto. Frank fue siempre el primero en llegar, el último en volcarse.

Tenía que tranquilizar los nervios. Como no le había devuelto las llaves del Starfire a Tony Puma, recalé en la panadería y cafetería Kasalta, aquí cerca en Ocean Park. Era viernes, los taburetes se llenaban y las mesas largas, como de fonducha antigua, pronto estarían atestadas de la típica humanidad de fin de semana: varones vigilantes y con teléfonos celulares al cinto, encendida esa vaga sensación de sexo ocasional, el «hit and run», por el alcohol de las once y media; presurosas hembras adúlteras, quizás el consuelo menos fantasioso de los varones, se movían entre los playeros, y estos, con el apestoso bacalao del ocio a cuestas, establecían el *tempo* del lugar.

Allí, como quien sí quería la cosa, tropecé con Tito Boudet y Poto Carbia, blanquitos perlas con leyenda, de esos que siempre lucieron apodo corto y apellido sonoro, de esos que con los años cumplen la promesa de panzas rotundas y aburrimiento perfecto que hicieron en su juventud. Tito, el gran Tito, pues de Tito se rumora que lo mordió el perro allá por los años setenta, cuando era tecato, narcómano de hospitalillo en la barriada La Perla. Poto se aspiró un platal por las narices, todavía permanece la brillantez a pesar del dulce coco, su altísimo IQ resulta cada vez menos creíble, lo mismo que esa prometedora carrera en el mundo de las altas finanzas, fortuna que tuvo y algún día espera recuperar.

Ya Tito llevaba al cinto cuatro Guinness cabeza de perro, *breakfast of champions!*, y pretendía fajarme para que le pagara unos boquerones en vinagreta. Su calva casi cumplida, el rostro mofletudo y camino a derretirse en sucesivas papadas, la guapura de la juventud ya apenas entrevista, lo contrario de esa panza retumbante y cirrótica, encontraban en los ojos verdosos algún consuelo posible, pero sin la inocencia; porque Tito era de esos jodedores que sabíamos ausentes del alma que una vez olvidaron en la calle. Poto, con su calvicie irredenta, con su gordura de pantalones cortos acentuada por las sandalias cochambrosas que siempre usa, padece de una cara vulnerable, redonda, vuelta aflictiva según nos percatamos de los tocones de dos días y el mostachón asombroso. Por momentos es como si una morsa cruzara fugazmente su semblante. Sentado en los taburetes del Kasalta, asume el desamparo más reconocible de un San Bernardo que espera por su dueño. Sazona su impaciencia de viernes abierto al tropezón, los nervios tan irritados por las ansiedades de la próxima media hora, con esos tragos de vodka bendecida con agua, que se zampa de su botella de cuarto de litro Volvic. Todo el mundo sabe que no es agua. Él piensa que es un chiste. La cocaína le derritió la mitad del cerebro, hace mucho tiempo.

Van camino al Berwind Country Club, supuestamente a jugar golf. Como Tito estudió con nosotros en Ponce, allá en el San Pablo, me vuelvo todavía más irritable. Pero no iré con ellos, no señor. Es gente de zambullirse, ya entrada la tarde, en la piscina del Berwind, con un litro de algo per cápita y sendos cohetes de Loíza adornados con buenos culos. Y entonces empezarán a rodar, porque ya luego recalarán en el barrio Las Carreras de Loíza a capear pasto o cocaína y comprar empanadas de yuca congeladas. Cuando ya el sum sum les zumbe en los oídos, camino a la volcaera, pararán en el Chim Pum Callao de Piñones, pagándoles la carruchada en ceviche a las gevitas de risitas cómplices y buenas nalgas. Más adelante hablarán mierda sobre el fortín de la segunda guerra que está en la entrada de Piñones, el Lancaster Battery, y ya para entonces estarán afásicos y camino a la amnesia. Entrarán a The Reef buscando vellonera y una sesión de sentimentalismo catatónico con *Hotel California* de los Eagles, la vista del litoral sanjuanero apenas llamándoles su atención de perfectísimos borrachos. Jugarán billar, eso sí. Se les ocurrirá, demasiado tarde, ir a resolverse con los nachos de Lupi's, pelearán con el bouncer, Poto salvará a Tito de la catástrofe mientras las gevitas de buenos culos cogerán las de Villadiego con las mismísimas risitas cómplices. No me interesa. Pero la Guinness cabeza de perro sí que me la doy con Tito, seguro, ya voy por la tercera y me siento en magnífica forma. Tengo el dulce presentimiento de que estoy abocado a coger una buena tanda, a beberme hoy, lo mismo que mañana, el Orinoco.

Tito me cuenta de los intentos fallidos de Poto por conseguirse geva: El otro día se baja borracho de su fotingo, pretende echarle gasolina, a como de lugar, al automóvil de una casi cuarentona con planes de aeróbicos por la mañana y algún polvo adúltero en la primera tarde. La gasolinera está casi desierta, ése es un detalle importante, y Poto divisó a la fulana hacia las 10.30, cuando tenía a su haber un cuarto de litro Volvic, me sigues. Pues mete el pistoque en la boca del tanque mientras le da perico a la fulana, quien se caga en dié varias veces, y a viva voz le pide al encargado que ponga en su sitio al cara de lata este, me sigues, y aquí es que se olvida de la gasolina, el tanque empieza a derramarse y la mami que se da cuenta de que Poto tiene un cigarrillo en la boca. Ella corre. Poto sigue sin apagar el cigarrillo que tiene colgando de los labios y ve que todo a su alrededor se agita, pero como en una película que va en cámara lenta. El empleado de la gasolinera le grita a distancia, le hace señas para que apague el cigarrillo, Poto por fin se da cuenta de por qué tanto ple ple y amenaza con lanzar el cigarrillo contra la gasolina derramada. Entonces lo lanza lejos, corre a su tartana y echa, se pinta del lugar. ¡Está cabrón, no? Grandes risotadas, de mi parte bastante sosas, porque el humor de estas travesuras de blanquitos siempre me ha resultado esquivo, ¡la pavera eterna del blanquito caribeño!... Pero entiendan que soy el perfecto resentido, jamás tuve uno de esos apodos cortos con apellidos sonoros. Mi nombre siempre fue un tropezón esdrújulo. Manuel Pérez Cáceres, hijo de Tite y Eva.

Hacia la una terminamos fumándonos un moto en el callejón con salida a la playa de la Hostería del Mar, ahí cerquita en el Ocean Park más cachendoso, en esa novísima playa de los blanquitos sanjuaneros. Para tener cuarenta y pico de años y padecer de una próstata que ya está del tamaño de un mangó, aquel moto me supo bueno, buenísimo, tremendo si no fuera porque me apendejó excesivamente, como corresponde a gente explotada que ya empieza a usar Preparation H. Tiene que haber sido la solanera brutal, aquella poca brisa que soplaba, la anterior volcaera con las Guinness, la cuestión es que me llamaba un sueño impostergable. Estaba chonchin y listo para el olvido, varón. Hablamos un poco más de mierda, algo dijimos de conseguir unas empanadas de yuca y montar barbacoa en la playa al día siguiente. Los muchachos siguieron para el Berwind, yo para Punta Grande. Era viernes. ¡Qué quieren?

Me quité el traje crema cochambroso, lancé en una esquina del cubujón el sombrero panamá, me acosté con las Ray Ban puestas y cerré los ojos. Estaba abombao. Nada de aquella mañana, incluyendo la poca brisa, me había sentado bien.

Dormí hasta las cuatro de la tarde. Me levanté con morriña. Salí al callejón Génova hacia las seis y me encontré con Tucson Arizona. Otro misterio del jodido barrio: sólo él sabe quién le puso ese nombre y por qué lo usa; pero el hombre no explica. Se dedica a limpiar apartamientos en el barrio y es conserje del hotel Atlántico. Me saluda refiriéndose a mí como «distinguido». Debe ser porque construyo las oraciones con sujeto y predicado, y no nací en La Perla, como él.

De chamaquito trepaba los muros de La Fortaleza del Morro, y yo se lo creo cuando me sonríe con esa desfachatez de títere profundo; su barba de jodedor algo cana, y el cuerpo en perfecta condición de peso medio retirado, completan la pinta del tigre callejero. Camina presuroso y con la cabeza echada atrás, no se avergüenza de sus pasas; pero no tan largo, sabe que los peinados afros están pasados de moda.

Quise despejar la nota contemplando el crepúsculo, alto ahí entre las frondas del árbol de mangó que ocupa el patio de la casa del frente –con sus altas tapias, las tejas que adornan a lo californiano los pretiles–, cuando veo al Tucson que viene y desde allá me invita a una cerveza. Acepté. Estaba en el portón que da al patio de la casita. No tenía escapatoria. Tendría que aguantarle la lata: «Tráeme una Medalla»... Esas malditas tapias tiene que haberlas concebido la madre del mafioso que vivió en ella, pensé de puro encabronado que estaba con el hecho de no tener el crepúsculo, pero tampoco las ganas de caminar hasta la playa.

Entonces ya quedé como congelado, en la disposición de oírle –a la vuelta de pocos minutos, porque iría a la tiendita de Betances aquí al lado, en el Cocomar– su cantaleta sobre cómo había sido el limpiabotas de Nat King Cole cuando éste venía a Puerto Rico. Pues le daba lo que se conoce como un «spit shine», porque le mandaba al zapato unos salivazos que a veces «eran puras aguavivas», chacho, que lo mejor para brillar zapatos es la saliva con un poco de gargajo, vaya... Acaba de entregarme la Medalla y vuelve a sonreírme de oreja a oreja, me asegura que fue bartender en el Small World de San Juan y varias veces ha cruzado a nado la bahía de San Juan.

Pasa a explicarme cómo llegó a ser, ¡también!, pescador de la bahía y todo lo relacionado con la preparación de la carnada, o tonina; comienza a aspaventarse cuando me cuenta cómo quedó «engavetado» en un aguacero mar afuera, con un tiburón enfermo –¡obviamente!– dándole vueltas a la yola, amenazándola con voltearla, y una vez sale de la gaveta del aguacero, de pronto ve venir para encima, mi hermano, un jodido carguero, que a punto estuvo de zozobrar ahí, en el remolino que dejan las hélices, y que son «como un chupón, mano».

Me cuenta de su corta carrera como boxeador, de cómo la mujer le pegó cuernos con uno de sus mejores amigos, y ni se acerca al barrio Amelia de Cataño porque «no quiero coger cárcel». Remata asegurándome, con gran solemnidad, que es alcohólico, y yo sé que lo es, aunque únicamente de cerveza; ya está bastante melancólico cuando me repite lo de los cuernos, y que no puede volver por allá. Pedrín le ha dado albergue en uno de los cuartos traseros de la casa. Chiripea por el barrio, como ya dije. Su condición de alcohólico consecuente —suele desayunar con una Bud— lo mantiene entre nosotros; el hospitalillo nunca ha pretendido curar la humillación, pero remedia algo de su recuerdo. Esto que oigo es el aullido de la calle. Ahora voy camino a remontar, nuevamente, la nota.

Ya estamos muy adentrados en el crepúsculo, excesivamente avanzados diría yo, cuando levanta vuelo el búho de Minerva y a mí se me despierta el enano maldito del alcohol, mal que nos decidimos a visitar la bodeguita de Betances. Pues allí ya estaba Pedrín con su juguito de manzana, que es como un deténte, el emblema de su quitaera del alcohol. Rafo también nos cayó; estaba más que taciturno, bien encabronado, porque había chocado el Volvo 740. Jose, quien pronto se mudaría al campo, estaba en las de conciliarse conmigo y la memoria de Frank, varias veces me repitió que Frank era un bravo completo, cosas de borrachos, bebía Heineken y colocaba las vacías en fila india. La cháchara se animó cuando Gonzalo —el nuevo inquilino, quien tuvo un hijo baloncelista que llegó a la NBA pero murió de una sobredosis de speed— se puso triste y urgente, la voz ya pastosa y a punto de contar, con rabia, cómo él no podía dormir con el americanito vecino mío tirándose nenas a grito pelao, todas las noches es eso, varón.

Entonces Tucson intervino para asegurarnos que eso se resolvía con la majuana, porque la masturbación es el único consuelo de quien sólo oye, pero lo que no tenía remedio posible, mano, era ese jodido perro que aullaba como un lobo todas las noches: «Yo los respaldo, yo los respaldo a ustedes, aquí está Pedrín y yo los respaldo si ustedes le piden a Pedrín que saque al escriquillador –con este mote conocíamos al gringuito libidinoso–, porque yo lo oigo chingando, galán, ya le he oído las perras como quien dice, y ahora también la loba esa, o lo que sea; pero Richard es mi pana, no hay cráneo, voto porque no lo saquemos». Intervino Gonzalo –con su grave timidez de calvo, feo y nube negra– para decir que él no tenía pendencia alguna con lo de las mujeres, pero que él sí quería dormir, ¡coño!

Apareció Tony Puma con su camiseta Everest 2004. Había desistido de subir al Everest en ocasión de los quinientos años del descubrimiento de Puerto Rico, 1993, y ahora pretendía hacerlo el año en que las fucking chingonas Olimpiadas Mundiales se celebrarían en suelo boricua.

Pedrín tuvo la palabra: «Es que ustedes tienen que entender, todo es relativo, sean tolerantes, ya con los años hay que tirarse sobre las sogas, como Cassius Clay, yo sé que esto no está totalmente relacionado con lo que ustedes me plantean, se fijan, pero es así. Como Alí, se acuerdan... Pues Richard está muy fuerte, muy fuerte, porque está joven, aunque no tanto, y recuerden las comidas de cable que se daba cuando llegó aquí, no conseguía a nadie, pero a mi edad es contra las sogas, todo el tiempo, quizás Richard entendió eso, y por eso el éxito. El otro día, te fijas, pues yo le estaba metiendo maceta a la enfermera esa con la que estoy saliendo, mano, taller fuerte, créemelo, y cuando estoy cogiendo aire, oye esto, ya para cuadrar la noche, que viene y me dice: "Y ahora me das por el culo, papito", y ya no supe si aquello era una orden, tú sabes, o una petición, ¿me siguen? A eso me refiero con las sogas. Yo no tenía nada, nada, y tú sabes cómo lo tienes que tener para esa operación, mano, como cuerda de violín, y ella que me vuelve a pedir que la calce por el culo, Ave María purísima, suerte, tú sabes, que está buenísima, Gonzalo, tú que la conoces, tú sabes el trozo de culo que tiene esa mujer, como el del truck de carne aquel que compartí con Jose, a ese nivel»...

Tenía que aparecer Paco Sexo, queriendo opinar, porque de eso él sí sabía. Paco Sexo era un hombre de indefinida mediana edad, parecía estar congelado en los treinta y nueve. Corría todas las tardes por la playa de El Alambique, con gafas oscuras y un bikini que achuladamente le marcaba su verga prodigiosa. Se mantenía en forma, siempre nervioso, tenía la bien ganada fama de haberle destapado el primer orgasmo a una geva que había pasado por las manos de Jose y Pedrín sin un gemido, sin que estos le hicieran cosquilla. Luego de destaparla, se la devolvió a los cuates, y con instrucciones, según él. Paco Sexo también tenía fama de masturbador playero, escondido ahí detrás bajo las palmeras, aunque siempre al fresco, por lo cual era conocido como «John Holmes, el terror de las uvas playas». Esto él lo negaba, y con la suficiente vehemencia como para que sí creyéramos su mal ganada fama. Vivía en la casa de apartamientos Beach Gardens y estaba, como todo el mundo aquel viernes, en las de cogerse los testículos y hablar mierda, montar bayoya de esquina: «Pedrín, Pedrín, a ti lo que te pasa es que no se te para, no tienes nada porque nunca tuviste nada; el maní ese, te fijas —a Paco le gustaba imitar las muletillas de Pedrín—, ya no sopla, mano, ya no zumba, tampoco es que tuvieras mucha técnica, nunca la tuviste, y eso que te pidieron, ay, cosa muy fuerte para ti, chiquitico, cosa muy fuerte»… Paco también gustaba de imitar el acento cubiche, era un modo de justificar su fama de sangrón. Mientras tanto, Pedrín se meaba de la risa; con una condescendencia de jefe mafioso, sí que disfrutaba los vellones que intentaba pegarle Paco Sexo.

Ya cuando nos percatamos, hacia la medianoche, de que estábamos abocados a una de las largas, propuse para el sábado, a las diez en punto, que plantáramos el toldo azul, el que Tucson siempre era capaz de tensar en la ventolera, porque Tucson hacía tiempo que miraba el cielo; desde la primera noche estuvo advirtiendo sobre el viento de agua y asegurándonos que lo que venía era «puro Saoco». Me comprometí a conseguir en Chita, allá en Las Carreras de Loíza, una docena de empanadas de yuca, y si no las había en aquel burén iría a buscarlas a donde el prieto Cristian, el de la playa de Piñones que llaman Los Pinos. Así fue. Así sería. La bayoya continuaba. Todo el mundo estaba en las de no bajar la nota... Entonces, ya muy borracho, cuando conté que fui amante de una mujer que tuvo su primer orgasmo en París, en el hotel Crillon, me miraron con incredulidad, y ya no supe, en la borrachera, si fue porque aquel cuento jactancioso lo encontraron irremediablemente cursi, o entendían que yo era incapaz de conseguir semejante hembra fancy... De todos modos, teníamos la lengua erecta, había bellaquera en el ambiente, queríamos seguir bebiendo. Al menos eso estaba claro, y éramos gente armoniosa, porque Bill, el gringo loco de Vietnam ya era puro recuerdo; un día se fue y dejó todas sus pertenencias; encontramos el portón entreabierto. Ésa fue la única señal que nos dejó. Sacamos del apartamiento setenta y cinco botellas de whisky scotch y bourbon, preferiblemente Jack Daniel's o J&B. Lo pensábamos muerto, quizás se suicidó nadando mar afuera, quedamos en la duda.

El sábado me levanté sin resaca. Sentí aquella gran sed, la potencia de saberme bebedor, invencible, no como mi padre de estómago flojo; sería capaz de beber indefinidamente, estaba en espléndidas condiciones y forma excelente: era un milagro de la naturaleza y un prodigio de mi temperamento, tan dado a la cortedad y la pendejez. A las ocho de la mañana ya le había tocado a Tucson, que sí estaba abombado y medio zombi, despertándolo para que tensara el tenderete justo en la playita de Punta Grande. Me refunfuñó bastante, en mi euforia alcohólica mañanera le dije que remontaríamos con el Starfire el camino de Piñones, iríamos a buscar las empanadas de yuca al burén de Chita, también capearíamos la mafufa que hubiese disponible, toda, y algo de perico. Hoy íbamos a fiestar. Prefirió quedarse a tensar el tenderete. Me preguntó «¿Todo está bien?» con esa aprensión urgente del hospitalillo; todos parecemos estar a punto del colapso nervioso.

No conseguí las empanadas de yuca. El burén de Chita en Las Carreras estaba cerrado. La mafufa tampoco apareció. Los tiradores todavía estaban durmiendo la nota de las dos de la madrugada.

Entonces procuré a Cristian en su friquitín, El Paseo, ese tenderete levantado allí a cuatro estacas y diez crucetas, con el cinc mohoso, el sofá que sobró en la sala colocado en el come y vete junto a otros muebles, también a mitad de camino entre la basura y la miseria.

Las altas dunas, el bajío rocoso, la hondonada antes de llegar a la pocita, todo eso está oculto por la arena, esa playa de Los Pinos está allí como un presentimiento opresivo; la arena cremosa y densa, pesada, me pareció que estaba ahí para atrapar las gomas del Starfire degradado y mohoso. Prontamente despejé estos barruntos. Resolví con una de las empanadas que ya a esa hora habían probado burén, al menos por buen rato. Aquellas empanadas de yuca y jueyes, sazonadas con coco, estaban perfectas. La masa de yuca no andaba ciega, estaba bien rellena de jueyes y la hoja de plátano que las envolvía estaba perfectamente amortiguada. Tenían justo la cantidad perfecta de achiote mezclado con la masa de yuca rayada; ese acento del coco convierte este plato taíno y africano en una exquisitez «para cuerpo y espíritu», como seguramente habrá dicho mi presuntuosa hembra fancy después de aquel orgasmo gritado en el hotel Crillon de París.

Cuando llegué a la playita de Punta Grande, aquel tenderete azul que restallaba al viento parecía bien sujetado con sus cuatro varillas espetadas en la arena. El ron Saint James, el whisky Glenlivet, la tequila Sauza que repuse después de la noche fatídica, todo ya empezaba a estar en su sitio, también la neverita con las cervezas. Sólo faltaba el hielo y que Pedrín se arrellanara en una de esas bajitas sillas playeras, su panza de cuentero al aire y nuestra lengua erecta. Tendríamos que desmontarle la parrilla a alguna nevera de la casita; sólo así podríamos asar las empanadas en la barbacoa levantada con piedras sobre la arena. Las asaríamos a la parrilla, decidido; el burén, que es una plancha cualquiera de hierro, o piedra, no aparecía ni por los centros espiritistas.

Y los espíritus ya emprenderían la bayoya, invocaríamos el espíritu adolescente y fiestero de Frank, porque ya hacia las once, con la marea empezando a subir, apareció la Nadja vestida con su traje de muñeca, cargando los tacones dorados en la mano derecha, que la voz ya se había corrido. Pedrín llegó después y nos prometió que traería su kayak de dos asientos; sabíamos que cumpliría, aunque tarde, porque Pedrín es el divorciado más tardo y parsimonioso que he conocido. Suele guardar el kayak en su apartamiento de Ocean Park, al menos pasarán un par de horas antes de empezar a darnos las trillas, porque esos paseos ofrecidos de gratis los ofrece quien gusta de presumir con su nuevo vehículo o embarcación, y Pedrín comparte hasta sus mujeres, justo es decirlo. Aurora había prometido venir; Carabine Commander ya se acercaba, cauto y periférico, porque vio a Tony Puma; éste se percató de la extensión de la resaca, y alertó a todo el mundo que pudiera oírlo en aquel rincón de la larguísima playa de El Alambique.

La resaca, una de las primeras del mes de marzo, había traído gran cantidad de sargazo. La fiesta se convertiría en pesca de dólares, porque el sargazo, justo cuando llega a Punta Grande, a la playita de este pequeño cabo donde curamos nuestras heridas, trae muchos billetes verdes que se confunden con las algas enchumbadas. Y sí que son de los de Washington en la careta, y nadie sabe por qué llegan ahí; digo, es una pesca que nadie pasa por alto. Al ratito llegó Hashemi, el iraní que sabíamos frenético; ahora fue Tony quien mantuvo distancia. La ocasión ya no era solamente la bayoya de la comelata y bebelata, sino que el día nos daba nuevas provocaciones, como esa búsqueda de los billetes ahí en el sargazo; era uno de esos días de resaca a principios de marzo; eso lo recuerdo bien. Pero el día estaba luminoso, tenía las nubes altas, los pañuelitos en el mar eran la mejor seña de la insistente brisa que soplaba.

Más adelante, hacia el mediodía, hubo algo de ventolera; de pronto se levantaban esos remolinos de arena que recorren la playa; pero Tucson había tensado bien las amarras del tenderete, Carabine hablaba de béisbol, un poco le recitaba al viento sus recuerdos, me contaba del mal genio de Peruchín Cepeda, de cómo éste tenía un compadrazgo casi malevo con Rubén Gómez, de cómo una vez saltó a las gradas a repartir bofetadas porque los fanáticos hostigaban a Rubén... Sentí que las invocaciones de Carabine eran perfectamente necesarias. De pronto, con Hashemi metido en el sargazo hasta las rodillas, supe que estábamos en una sesión de espíritus, quizás de almas en pena. Aun bajo el sol, aquí en el taburete, todo puede cobrar la urgencia de la melancolía.

Y aquel sargazo que fresco parecía lechuga enchumbada, que apenas echado sobre la arena era verdoso y ya, con la descomposición de la tarde, volvíase verdinegro y luego violáceo, conservaba la promesa de resolvernos, a cualquiera de nosotros, al menos un mes de alquiler. Tucson servía los tragos y enfriaba la cerveza con el hielo que finalmente había aparecido cuando, unión de reyes, alguien contó de los ciento setenta y dos dólares que habían sacado del sargazo, hacía sólo dos semanas. Y aquella vez, pues aquella vez no había tanto sargazo, que hoy sí parecía una alfombra tendida sobre el mar y las olas de la pequeña rada.

Otra fantasía empezó a circular, y se contaba que la noche anterior un turista borracho perdió en el mar, o se le cayeron en una vomitera sobre el barandal de la terraza entablada del hotel Atlántico, alrededor de trescientos dólares. Tony Puma aseguraba que el fulano los había tirado en un gesto olímpico, Carabine casi gritaba, con su voz maniática, urgente y frenética, que el borracho los había perdido cuando el viento se los voló del bolsillo de la solapa, porque aquel borracho usaba gabán y estaba entregao a la vomitera sobre el barandal del hotel Atlántico. Estaba en muy malas condiciones... Apareció un billete, pero era colombiano, porque los turistas perdían aquellos billetes cuando se echaban al mar, y la marea les volteaba los bolsillos del traje de baño. Inadvertidamente echaban el cambio en los bolsillos; eran distracciones propias de turistas; así se decía. Y todas eran explicaciones válidas para aquella zafra del sargazo. El tenderete de plástico azul restallaba al viento. Ya yo sentía aquel sun sun en los oídos, me convertía en oreja. Llevaba varias Guinness cabeza de perro y me apetecía el Orinoco, también un moto, pero no lo tenía; estaba en gran forma, aún remontaba la euforia del día anterior.

Finalmente llegó Pedrín con su kayak, el aventurero de Tony Puma se encargaría de darnos las trillas, alguno que otro paseíto por el bajo del arrecife; mientras, Pedrín, intoxicado con el juguito de manzana y esa vaga sensación de sentirse alcalde de todos nosotros, empezaba su discurso favorito. Ya estaba arrellanado en su baja silla playera, el resto sería historia. Fue Gonzalo quien adelantó el tema, estaba impresionado con el chamaco que había ocupado recientemente el apartamiento del desaparecido gringo loco. El gevo venía por la playa con un portento de hembra con tanga, al pobre Gonzalo se le goteaban las babas: «Las consigue más chulas que el Richard, es otro escriquillador, créeme, lo que trae ahí es filete, modelos, mira pa'allá ese monumento... sí, ése es él»...

Le indiqué que no era tan jodedor como parecía, yo había escuchado algunas de las conversaciones cuando salía al patiecito con sus gevas, siempre tenía una nube negra colocada sobre el horizonte, o algo así; dije, imitándolo: «No es lo mismo, Yolanda, no es lo mismo; cuando uno está empezando una relación es más difícil, porque uno se fija más en las cosas que a uno le gustan de la otra persona, y también en las que no le gustan». Y así, y así, con más mierda que labia las mareaba, «Es un latoso, no crean, tiene más pinga dulce que labia»… «Y eso qué importa», me contestó Gonzalo.

Pedrín pedía tiempo igual, eran muchas las distracciones, sus cuentos necesitaban ser rapsódicos y de chamán playero. Finalmente colocamos las primeras empanadas sobre la parrilla de la barbacoa, el fuego de leña crepitaba; tardarían una hora en cocinarse. Nadja me gritó, pidiéndome permiso para subir al kayak de Pedrín. Le dije que sí, entonces Tony intervino para asegurarle, nuevamente, que el kayak era perfectamente seguro y no se hundiría. Llegó Aurora y me plantó un beso. Buena señal; así lo reconocí. Le eché el brazo y no hubo resistencia. Nadja se acercó a saludarla; ella era mi doctora corazón; eso lo sabía Aurora cuando le plantó a Nadja aquel beso en la mejilla. Y así fue que Aurora asumió, sin previo aviso, el papel de novia mía. Aquello me sorprendió, me sentí feliz. Así porque sí… Chévere… Pero también pensé que la Nadja estaría celosa, y que pronto llamaría la atención, como veremos.

Miré la cantidad de empanadas que había traído y le comenté a Pedrín, quien ya pontificaba sobre mujeres, validado por sus pelos en pecho canos puestos al aire, su bronceado perfil romano y la cabellera César Romero: «Los puertorros jamás perdemos el apetito, ni siquiera cuando estamos deprimidos». Nadja insistió en el asunto: «Y tampoco las ganas, la bellaquera, ay, ¡qué chulo te siento!, Manolo, qué buenas vibraciones estás mandando, una pena que yo esté tan triste, porque si no leeríamos juntos un cómic pornográfico para que luego me dieras por el culo». Aurora se rió; pero con cierta sosera. Sabíamos que Nadja era la Gran Señora Protectora de los que nos perdimos en el bosque; se lo tolerábamos todo, o casi todo. Pero yo… a mí me tocaba estar en guardia contra sus malditos celos. Tenía mujer, ya, y no quería perderla. Nadja entonces empezó a decir incoherencias, ahora sermoneaba sobre la bebida y la solanera de playa: «Para la playa la cerveza, muchachos, la cerveza, que el hard liquor no va bien con este sol»… Estaba descalza y vestida con sus frufrús, cintas y bordados, Dios mío, aquello último lo dijo con la mirada fija en la arena, como distraída de sus propias palabras. Tendríamos que vigilarla. Estaba muy oblicua y ensimismada, a punto de calzar, aun en la arena, sus tacones dorados.

El fulanito atlético y tumbahembras, el vigilado por Gonzalo, volvió a pasar y nos saludó desde la orilla, también prometiéndonos que vendría. Seguramente iba camino al patiecito, a explicarle a la geva sobre «cómo eso es un pugilato, mami, porque las relaciones cambian con el tiempo». Tony Puma le gritó a Nadja que viniera al kayak, que él zarparía solo si ella no llegaba.

Ahora le tocaría a Pedrín, y el mambo, la bayoya, estaba encendida, tanto así que el sun sun me castiga los oídos y con el zumbido han llegado, nuevamente, estas ganas tremendas de fumarme un moto. Jose ha traído un boom box playero y algo de Tito Puente, que la música casi no nos deja hablar. Ya es, inconfundiblemente, una fiesta puertorra, y Pedrín está en las de ponerse sentimental: «Me encontré con ella en la barra del Condado Beach... Sí, la que tiene ese ventanal ancho de cristal que se ve el mar... El escenario perfecto para el enchule, tú sabes, para el romance, varón... Te digo, aquella mujer era para mí lo máximo, ya tú sabes, yo tenía dieciocho años y era lo máximo. Era mi mujer fancy, imagínate eso, bien fancy, vamos a ponerlo así, y ese enchule me duró hasta después, durante toda mi juventud, te fijas... Pues, chico, la llevo a Victoria's y me digo... mano, esto es un bombo al catcher... A mí me temblaban las rodillas cada vez que te veía, así le dije... Ahora que estaba divorciada y con nietos había perdido ese algo, algo, chico, tú sabes, yo no sé qué puñeta es... Pero todavía es una geva bien potente para mí... potentita... Yo ni me atrevía a acercarme a ti, le repetí... Y entonces, y entonces ella que me pregunta si yo me acordaba de la vez que me le declaré... Imposible, le dije, yo lo recordaría, porque yo estaba muy enamorado de ti, enchulao, y tú eras lo máximo, lo más classy que yo haya visto, porque tú estabas en el Perpetuo y eras una chulería de lo linda que eras y tenías aquel Impala blanco, con los asientos azules».

Detrás de nosotros, bajo las palmeras, frente al ESJ Towers, una gringa con la ensoñación del trópico ha sido cautivada por esa familia lumpen, dos mujeres chancleteras del south, South Bronx, el cigarrillo colgado al labio, y un títere ya canoso y de calle niuyorkina, su bebita puesta en corral ahí en la arena y la hamaca colgada entre dos cocoteros, el asunto es, pues el asunto es que la gringa pretende encontrar aquí el arrebato perfecto... «Strong Stuff, strong stuff, like California gold (Fuerte, está fuertecita esta marihuana, como la colorá de California)»... «We call it *la jibarita* (A eso le decimos aquí la jibarita)»... «La jibaruita»... «Yes, you like it? (Sí, así le decimos, ¿te gusta?)»... «Oh, I really like it, yeah, oh, oh, listen, I am getting stoned, you guys are something (Oh, sí que me vacila, sí, oh, oh, me estoy volcando, ustedes son la changa)»... «You enjoy, baby, you enjoy that, because we, we want the tourists to come here to Puerto Rico (Tú disfrútala, mami, disfruta de eso, porque nosotros, nosotros queremos que los turistas vengan aquí a Puerto Rico)»... «Wow», terminó por decir la gringa, que se había recostado de una palma.

—Tú te declaraste.

—Imposible, lo recordaría.

—Me ofendes.

«Obviamente me dijo que no, se fijan, porque uno olvida las cosas desagradables, como los traumas, tú sabes, uno se saca eso de la cabeza... Sin que uno se dé cuenta, claro... Entonces pasó lo que tenía que pasar, y que yo presentía; pero uno nunca es, cómo les diré, tú sabes, prudente, cauteloso para estas cosas, así es el romance... eso es lo que mata a uno... Pues me la llevo para el apartamiento de Ocean Park y nos acostamos, mano, y yo con esa ilusión, y ella que no me provoca nada, pero que nada, varón, no se me paró; con eso te lo digo todo. Y ella queda destruida, mano, bien pugilateada, tú sabes, lo mismo que yo; chico, es que no me provoca nada, y fíjate, todavía está bien buena, y es una mujer chula, con clase, bien elegante; pero, ¡qué quieres!, no me provoca nada, en cambio la enfermera esa, la del culazo, mano, se los echo en ristra»...

Nadja finalmente pudo treparse al kayak; su traje de cintas, tules y satén engalanaba la embarcación. Con la ayuda del Carabine Commander asentó sus posaderas enormes en el asiento del frente, y gritó «Ay, qué emoción, me siento como Guarina, ¿no era esa la mujer de Agüeybaná!»... «Tenemos que remar juntos, del mismo lado y a la vez», le gritó Tony. Esas instrucciones, dichas así, en ese tono de las boinas verdes, seguramente confundieron a la pobre Nadja.

«Estoy con ella, chico, me acuesto con ella, y es como si fuéramos hermanos. Ahora que por fin la consigo, a esa mujer tan fancy, no puedo metérselo, nada, nada, que no me apasiona; yo le digo que la operación de piedras en los riñones me tiene así, a veces le digo que estoy muy cansado, que siempre la primera vez; pero ella se da cuenta, ya no puedo hablarle más mierda, te fijas; y ella sufre, tiene que sufrir porque ella sí que está bien enchulá, después de tanto tiempo, imagínate eso, ¡qué loco!, ¿verdad?»

«You guys, I mean, you don't know how much I appreciate this (Gente, digo, es que ustedes no se imaginan lo mucho que les agradezco esto)»... Los lumpen reían festivamente, las mujeres más que él; ver ese tipo de arrebato en alguien, tan perfectamente catatónico, saca, anima lo peor de esta gente, y pregúntenme a mí si la gringa no iba por ese camino... «How much do I owe you, I mean, this shit, it must be quite expensive (Cuánto, cuánto les debo, digo, este pasto debe ser carísimo)»...

El alcohol nos había colocado en el camino de un sentimentalismo puerco, revanchista; allá vino Aurora corriendo, para anunciar que Tucson acababa de sacar del sargazo un billete de veinte. Pedrín la miró mal, porque su cuento era su cuento; y Pedrín era una de esas almas puertorriqueñas camino a la perfección: nadie chocaba con él, pero todo el mundo sí podía tropezar... «Y yo de ella, mano, y yo de ella; pero no puede ser; nos estamos haciendo daño... En cambio, te digo, chacho, la enfermera, mano, cada vez que hacemos un sesenta y nueve y me planta ese culo en la cara, tú sabes, me pongo grave»...

Fue entonces, justo cuando Pedrín puso el énfasis en aquella escena pornográfica, que la Nadja aprovechó para suicidarse. La vi ponerse de pie en el kayak, o, al menos, intentarlo, y ya todo el mundo que le gritaba. Carabine fue el primero en darse cuenta, porque me lo señaló. Yo estaba excesivamente abombado para moverme. Entonces Tucson, que estaba metido en el sargazo hasta la rodilla, se echó a nadar hacia donde ella pretendía ahogarse. Nadja simplemente como que trató de incorporarse en el kayak, y entonces se volteó para caer al agua. A la tercera se hundiría, desde acá vi que gazpaleaba por puro reflejo, a la vez que pretendía ahogarse; matarse es asunto serio y difícil.

«Fíjate, Manolo, oye esto, yo me inventé un jodido mamerro para bregar con la enfermera bellaca esa, mano, tuve que hacerlo, porque la tipa es insaciable, te repito... Eso es maceta, maceta, y más maceta, y siempre te pide más... Es para cuando ya no puedo más... ¿ves la cosa?... Es un palo, un fucking palo de escoba recortado, y le encasqueté unos condones... Pues cuando estoy contra las sogas, como Alí, buscando el segundo aire, pues ya tú sabes, le doy mi muñequita ahí... ¿cómo se llama eso?... eso, ahí en el clítoris, muñequita na'más, y esa jodida mujer que se viene y se viene en ese sesenta y nueve violento, y temo que me suelte un peo en la cara, porque eso es como aquélla que le sopló uno al tipo y este cabrón de la vida que le dice... ése es el setenta y debe ser para tu madre, so puerca, bájate»... Nadja tenía razón: había que vivir en un mundo gobernado por el romanticismo; busqué algún consuelo en Aurora, quien se encontraba a prudente distancia, disfrutando con una sonrisa lo que ya reconocíamos como una de las payasadas de Nadja; allí había seguido sentada en la arena y con las rodillas apoyándole la mirada que hubiese querido perderse en el horizonte. Pero aquella visión, tan repentina, fue sólo con una parte de mi cerebro, que ya flotaba en alcohol. También oía a Pedrín, por momentos me obligaba la suerte de Nadja con gran urgencia, que en la tranquilidad con que su rival presenciaba el griterío supe que sólo se trataba de llamar la atención; aunque de esto último no estuviera tan seguro, también hice mío el destino de la gringa mafufera. Pero era Pedrín quien más me llamaba la atención… «Eso es en lo que cojo fuerzas de nuevo, te fijas, en lo que cojo fuerzas para seguir maceteándola, varón»…

«I mean, how can I pay you this high (Díganme, ¿cómo puedo pagarles este arrebato?)»… Los tres lumpen volvían a reír a carcajadas, sobre todo las mujeres, aquellos dos cueros, que éstas volvían a darse palmadas en los muslos y le aseguraban, a toda la playa, que la gringa estaba bien gufeá… «I mean, this is hard stuff. I don't get this high since the sixties (Créanme; esto es potente. No me arrebataba así hacía tiempo, desde los sesenta)»… Y había que creérselo, sí señor, porque la gringa rubia, patiflaca, alta y chumba, además de tetona, con una cadenita de jodedora por un vientre que había visto lo menos dos partos, una cesárea y tres abortos, estaba arrebatada para el carajo y era una figura de mofa y escarnio.

Entonces vi que Tucson —aquello estaba pasando frente a mis ojos como una película muda y en cámara lenta— había llegado donde Nadja y ahora la agarraba por el cuello, intentaba halarla hacia las rocas del bajo. Porque es que la Nadja no esperó mucho para lanzarse al agua. De hecho, ella era capaz de ahogarse en esa profundidad, pero nadie más, lo aseguro. Era muy llano. Era llanísimo. Ahora Tony le alcanza a Tucson uno de los remos mientras el Carabine mantiene estable el kayak. Pero es que Tucson andaba enredado en las fruslerías del traje de muñeca de Nadja.

—Pero ésa no es mi mujer fancy, tú sabes, el enchule, la que me provoca el romance... Hay algo, chico, hay algo que falta, yo sé; por ejemplo, ella me recibe bien chévere, muy bien, con unos drinks, en su apartamiento, y estamos bien chéveres, pero entonces nos falta esa bellaquera, las mamadas y las clavadas... Es que estoy muy enfocado en la enfermera, quizás sea eso. A mí me gustaría meterle el tablazo, tú sabes, bien romántico, después de un vinito, porque ella es una de las fantasías de mi juventud; pero no puedo, Manolo, no puedo. ¿Será que ya no soy joven? Se me pasó el momento, o quizás he perdido la ilusión. Hasta he llegado a pensar en eso, te fijas... O es que las mujeres siempre me han llegado a destiempo...

—¿Le has metido algún buen agarre?

«Chacho, esta gringa no sabe dónde está»... «Where are you? (¿Dónde estás?)»... «Se fue hasta el culo, no habla, Vitin, ¿qué le pasa?»... «Que se arrebató, eso, eso, está volcá»... «Ya mismo abre la boca a vomitar... Mira cómo te mira, a ti es a quien está mirando... la cosa es contigo»...

Por fin Tucson Arizona y Carabine Commander entendieron, ambos, que era mejor arrastrarla hacia acá, a las piedras, que treparla nuevamente al kayak. Nadja tosía, también le oí las arcadas. Había tragado mucha agua y no parecía estar tocando fondo. Tucson era un hombre fuerte, un ex boxeador, él se encargaría. Entonces me levanté y Aurora que vino a tener a mi lado, sentí una gran ansiedad; la Nadja se me ahogaba, eso me dije, y yo que no me movía. Oí a Pedrín, me decía algo a distancia, que no me preocupara, que ya la sacarían, que éstas eran las pataletas de siempre, los acostumbrados ataques de Nadja. Vi que Hashemi corría en la orilla, hacia las piedras, chapaleaba en el sargazo mientras Nadja gritaba que la dejaran, que quería morirse, que ya no quería seguir viviendo en «ese jodido hospitalillo de masturbadores y borrachos». Así mismo dijo, así lo gritó. Y yo creo que la oyó hasta la gringa catatónica, porque la familita lumpen ya miraba para acá, y se ponían en ánimo de husmear nuestros infortunios. Pronto, muy pronto, toda la jodida playa nos caerá por acá, créanme, y entonces, al carajo las empanadas. Volví a caer, esta vez chonchin, desfallecido.

«Hombre, sí, ya siéntate, si eso está bajo control; ahora le metemos una pepa de Valium, y cuando estén las empanadas la alimentamos... Es Nadja, y dime si no la conoces... Pues sí... Me preguntabas por el agarre... Pues sí, hombre, sí, allí mismo en Victoria's le metí un buen clinch, tremendo agarre de nalgas, pero nada; ya después, cuando estábamos en pelota, tampoco pude. Es que estoy como muy tenso con ella, te fijas. Y yo que le digo, estando de nuevo acostados en la cama, y como dos hermanitos: Coño, mami, mi negrita, por fin te consigo y ahora no puedo hacerte feliz, porque de eso se trata, óyeme, es así, créeme, a mí me temblaban las rodillas cuando te veía... Y entonces ella que me dice: Es que ha pasado mucho tiempo, demasiado tiempo»...

La gringa insistía en pagarles el moto, y ellos que no. Ella estaba perfectamente chonchin, arrebatada, esto era así, según le aseguraba al títere la flaca de hot pants que de vez en cuando atendía al bebé en el corral. No le cobran, y por nada del mundo le van a cobrar; cuando la americana se aleja y se recuesta contra un dron de basura, pues lo comentan, con asombro, sí, que ella quisiera pagarles. Y siguen fumando pasto bajo aquel palmar, el que yo necesito, pasto del mejor, hasta acá llega el fumón acre, y ahora que oigo las arcadas de la gringa al lado del dron de basura, ni para allá miro.

«La primera noche pensé, bueno, es la primera noche y me ha pasado antes... ¿A quién no?... Pero ya después, pues estoy con ella y me acuesto a su lado, y somos como dos hermanitos, dos buenos amigos que recuerdan la juventud, qué vaina, Manolo, qué hostia»...

Nadja fue rescatada y traída a la orilla. Era una sirena varada, una ballena envuelta en el sargazo. Cuando ya todos dejaron de hiperventilar, fatigados por el trajín de traerla a tierra, me gritó: «Coño, Manolo, ¡para qué carajo se te ocurrió esta fiesta! Nos has dañao la cabeza»...

Finalmente corrieron hacia acá, como si fueran una visión, el títere que le había dado el moto a la gringa, y su cuñada, la hermana de la fulaneja que atendía al bebé en el corral. Ya era noticia. Toda la playa de El Alambique sabía que Nadja, al fin, lo había intentado, y también que había fracasado, ¡qué jodienda!, Manolo, qué chavienda...

CAPÍTULO XIII

Papá fue un gran fanático del béisbol. En el año 1958 la Serie del Caribe se celebró en San Juan, en el parque Sixto Escobar. Los Tigres de Marianao representaron a Cuba.

Este sueño intenta decirme algo que presiento urgente: Entramos al parque y papá no cesaba de saludar a todo el mundo, aspaventaba esa simpatía bonachona que siempre lo caracterizó. Saludaba, sobre todo, a los señores de palco. Pensé, en el sueño, que era muy popular, como más adelante, un poco más adelante, lo sería el relumbrón de Frank. Mi padre tenía ese carisma especial de los hombres caribeños que beben porque nunca han sido muy diestros con las mujeres. Aunque mujeriego, mi padre tampoco tuvo gran talento para la seducción. Estar casado con el alacrán lo obligaba a la infidelidad, supongo. Siempre decía aquello de que iba para el juego de pelota. Casi todas sus infidelidades coincidieron con la temporada de béisbol invernal; esto lo recuerdo bien; pero, por otro lado, hasta ahí llegaba la imaginación adúltera de mi padre. Lo que siempre anheló papá, supongo, fue amar con pasión aquel bloque de hielo histérico que jamás se dejó tocar del todo. Aparte de eso, era pura fachada esa destreza de hombre realengo, callejero y borrachón. Papá se mereció mejor destino.

Pues iba saludando a todo el mundo. Recuerdo que su guayabera de hilo fue acentuada con el sombrero panamá. El viejo estaba como disfrazado de señor criollo de aquella época; lo que él siempre quiso ser, y nunca fue del todo.

Aunque, les aseguro, ser un señorón criollo de aquella época nunca fue gran cosa. Sólo representaba licencia para hablar con voz engolada, mantenerse simpáticamente en una adolescencia prolongada y perder la integridad con la bebida y el adulterio. Papá era lo que llamaban en aquel entonces un *flan* —así se refería a él mi madre—, un hombre de verbo fácil y anecdótico, con cierta belleza varonil que aún a los cuarenta y pico, cuando ya tuve edad para conocerlo bien, cautivaba a hombres y mujeres. Me fascinaba su fatuidad, aquella fraudulenta personalidad que Frank heredó como verdad. A mí me tocó, completamente, su lado tímido y de pobre diablo, de infeliz, su sentimiento de insuficiencia, eso que lo impulsaba a la bebida, ese lado que jamás le mostró a sus amigotes, aun borracho, y del que sólo sus mujeres, por supuesto, lo sabían todo, mamá antes que nadie, para gran triunfo de ella. Ahora, de cuarentón, siempre me he preguntado si el viejo lo tenía pequeño.

Pero en aquella Serie del Caribe de 1958 estaba deslumbrante. Sólo las gafas de sol oscuras, excesivamente oscuras y redondas, que tenía puestas porque estábamos en un sueño, delataban su condición moribunda. Aquél era un juego nocturno. La asistencia a los juegos de béisbol siempre fue parte de nuestro vínculo.

Durante ese invierno de 1958 el gran tema fue su hígado. Debajo de la guayabera levantada por su panza cuarentona, había un hígado insaciable, que amenazaba con devorarse a sí mismo. Sí que nos ocupábamos de aquel hígado, que se inflaba y a la vez se endurecía, pareciéndose cada vez más a una bola de baloncesto que se hubiese tragado mi padre. Mi madre sabía que el hígado de borrachón —aunque no de gran bebedor—, y de comelón aficionado a fondas, friquitines y lechoneras —mi padre tenía un siniestro gusto por las frituras—, pronto comenzaría el camino de la cirrosis. Eso era lo que más temíamos en aquel entonces, Frank y yo protegidos por esa indiferencia que manifiestan los niños hacia las enfermedades de los adultos; mi madre gustaba decir que el hígado graso era «su espada de Damocles», sermoneándolo con una severidad que empezaba, inevitablemente, con aquella pedante alusión a la mitología clásica, de la que ella sólo conocía la metáfora para la catástrofe inminente. El alacrán siempre le estaba «leyendo la cartilla», como decía él. Aquellas escenas colmadas de ominosas advertencias, en relación con la economía de sus recursos hepáticos, forman los más estables recuerdos de mi infancia... Pues aunque éramos de Ponce, mucha gente por acá lo conocía. En aquel entonces los señorones del béisbol seguían a su equipo favorito por todos los parques de la isla. A mi padre lo conocían por «Tite». De niño siempre me pregunté por qué, me asombraba porque ni siquiera fue un fanático particularmente rabioso de Tite Arroyo. Tite era su apodo, ese sobrenombre corto y sonoro que, según los anhelos de mi madre, debió acompañarse de un apellido ostentoso. Pero papá era Pérez de apellido, motivo de gran resentimiento por parte de mi santísima progenitora.

Si mal no recuerdo, en aquel último juego Canenita Allen hizo su famosa atrapada en terreno foul y Minnie Miñoso ganó, junto a José Valdivieso, el título de bateo, proeza considerable si tomamos en cuenta que Víctor Pellot Power bateó para 458 y llegó segundo. A Minnie Miñoso regresaremos más adelante.

Estábamos en lo más alto de las gradas del jardín izquierdo; pero como el parque Sixto Escobar era un estadio pequeño, podíamos reconocerles las facciones a los peloteros. Minnie miró para acá, y como que me sonrió. La gorra de los Tigres de Marianao me pareció un objeto precioso. Era negra y con la visera anaranjada; la esquelética M del Marianao se destacaba sobre el trasfondo negro con una particular brillantez. Minnie Miñoso me sonreía a mí; sobre eso no tengo la menor duda.

Terminó el juego y Saturnino Orestes Arrieta Armas, alias Minnie Miñoso, celebró el triunfo del Marianao lanzando su gorra al aire. La gorra subía hacia la oscuridad de la noche y las gafas de sol de mi padre lucían aún más siniestras. El parque se vació de fanáticos y allí quedamos mi padre, Minnie Miñoso y yo; esperábamos que la gorra bajara. En esa espera los tres pasamos de la perplejidad a la ansiedad. De pronto aparecí tocando el bombo en la grama detrás de la segunda base: la caída de la gorra dependía de que yo tocara el bombo con solemnidad y entusiasmo. Azoté y azoté el bombo; pero nada bajaba, lo cual aumentó, a esas alturas, un estado inconfeso de desesperación. El niño que estaba de pie en las gradas, ahí junto a su padre confundido, llegó a pensar, con una claridad imposible, que aquel bombo en realidad pertenecía a un momento posterior de su vida; aún no me habían seleccionado para formar parte de la famosa banda militar del colegio San Pablo. Decaído, ya muy vencido, todo tan simultáneamente, Minnie Miñoso se sentó en el terreno de juego a esperar su gorra. Papá y yo sabíamos que envejecía rápidamente, allí postrado en el jardín izquierdo; hasta lo comentamos.

Papá murió diecisiete años después, mirándonos sin afecto, como quien mira una pared; pero en el sueño también reviví su muerte. Nos miraba como si apenas nos conociera, así de ensimismado estaba. En el sueño me asaltó el pensamiento pueril de que lo incomodábamos con nuestra curiosidad. Aquel pensamiento obsceno me alarmó. Supongo que moriría amargado y resentido, de ahí el hígado lleno de rabia, entumecido por los malos humores, destilando aquella terrible certeza de que su vida había sido una equivocación. El flan había perdido su falsa dulzura, su encanto de pacotilla, tan fatuo; ahora quedaba la amargura de nunca haber podido divorciarse del alacrán. Es increíble la cantidad de basura que conserva la memoria, y que se mezcla en los sueños, como le ocurre a los desperdicios en un zafacón.

Aunque, no crean... Más que de los efectos del alcohol, papá murió, en aquel sueño, de miedo y virtud. Seguíamos esperando que la oscura noche tropical nos devolviera la gorra del gran Minnie. Era algo entre nosotros tres; era algo tan impostergable, tan urgente como estas letras que hubiese querido esculpir en la lápida de la tumba de mi padre: «Fue un fracaso interesante, murió de miedo y virtud, compulsiones que se alojan en el hígado»... Aquellas palabras fueron una sentencia que me produjo ansiedad. En el mismo sueño quedé sorprendido por la justeza de las mismas, porque los sueños suelen ser menos elocuentes. Minnie Miñoso había perdido su gorra y mi padre, supongo yo, perdía el consuelo de haber vivido. Es la interpretación que hago de ese sueño, aunque, como ya dije, la memoria es capaz de convertir la experiencia en basura.

De miedo porque el muy obediente jamás se decidió a abandonar a mi madre; aunque la quería, bien que necesitaba a alguien que le lavara los calzoncillos, le preparara las medias y pañuelos y le planchara, con un esmero maniático de esposa resignada —porque nuestra planchadora jamás sirvió para eso, según él—, las alforzas de las guayaberas. De virtud porque sabía que ella seguiría allí, como un mueble, aunque le peleara tanto y no lo acompañara. Y no se decidía a hacerle daño, tampoco quería abandonarnos, a Frank y a mí, cojones, el pobre diablo. Nos amaba demasiado. A pesar de su fachada rumbosa, mi padre era un solemne pendejo. La amaba excesivamente; le ofreció su vida.

Sigue siendo un misterio; pero sí hay hombres que sacrifican sus vidas ante el altar de mujeres que les han reventado las pelotas, dejándolos sin dignidad, sin asomo de integridad. Resulta curioso, porque mi padre siempre dio señas de atrevimiento —en su actitud rumbosa, de fastrén de palco—; algo había en él de ese arrojo que lo hubiese salvado. ¡Cómo fue capaz de entregarle su vida a mi madre!, aquella niña histérica y de sentimientos mediocres, aquella ensimismada gorgona de mucha belleza y ninguna pasión. Quiso verlo convertido en su sirviente. El alcohol fue la única rebeldía posible.

Mientras tanto, allí seguía Minnie Miñoso. Había envejecido, sus pasas se habían vuelto canas, los cachetes se le chuparon, sus ojos se volvieron chiquitos, la dentadura se le marcaba por debajo de la piel sobre los labios, cierta tristeza había ensombrecido su rostro. Además, el uniforme de los Tigres del Marianao le quedaba grande, casi cómico. Se había transformado en anciano carabalí, en esclavo cimarrón vestido de pelotero. Mientras tanto, seguí tocando el bombo. Empezó a llover torrencialmente. Pero la gorra nunca bajó. Y no bajará. Está en el cielo; como mi jodido padre, se esfumó en el que sea lo que Dios quiera. Yo, por mi parte, seguía haciendo ruido, sigo tocando el bombo, seré el único sobreviviente.

Me desperté sudoroso, ansioso; gemí poco antes de abrir los ojos, porque temía no poder abrirlos. Tosía, estaba ahogado, buscaba respiración. Yo era un hombre que se ahogaba en el mar, o en su propia saliva. Pensé que moriría; hiperventilaba, no encontraba manera de que me pasara aire a los pulmones. Finalmente me di cuenta de que alguien respiraba al lado mío.

Richard nos ha revelado todo su diestro oficio. Las otras noches alcanzamos a escuchar cada gemido; nos figuramos, por los ruidos, que en un momento determinado prefirió hartarla a nalgadas para que luego ella lo castigara con la correa. (Entonces es que Richard aúlla como un animal lastimado.) Sabemos cuándo se va por el otro, que los chillidos de las fulanas son inequívocos. Cuando esto ocurre, cuando las clava por detrás, no hay Dios que permanezca impávido en el patiecito, o aquí en mi apartamento.

El otro día fue capaz de avergonzar a Madonna, mujer de la noche, nuestra cantante de fama limitada al Holiday Inn de Isla Verde, ello muy a pesar del sobrenombre que le hemos puesto, un cohete quemado a quien Pedrín recién le alquiló el apartamiento del fondo cuando Jose se largó. Pues la Madonna no es mujer de sonrojarse fácilmente, créanmelo; pero aquel domingo hacia las tres de la tarde, cuando estábamos reunidos ahí en el patiecito, simplemente se largó de vergüenza cuando la fulana de turno comenzó a chillar a causa de los rigores que le estaba dando por el trasero. Nuestra mismísima Madonna, la rubia cruel que siempre llega a las seis de la mañana, esa hembra de la noche con tacones altos y fajas con ligas, simplemente no pudo bregar con aquello. Era una mujer sola; esto lo repetía una y otra vez. Nosotros también, puñales, y no tenemos siquiera los beneficios marginales de ser una cantante de cabaret, algo feoca, eso sí, pero con trajes del más brilloso satén negro y un pelo rubio, pajizo, de estrella porno pasada la flor de la edad.

Nadja me asegura que no intentó ahogarse, que sólo quiso probar cómo se sintió Ofelia.

Soy un ejemplar de mi edad, de mi época, arrastro los excesos de mi generación, alguien ha dicho que Dios castiga por donde más hemos pecado: Padezco de presión alta, colesterol alto, excesivo ácido úrico, espondilolistesis, esofaguitis, hígado graso, gastritis crónica, próstata hipertrofiada, piedras en los riñones, gota artrítica, hemorroides y depresión consecuente; la ansiedad crónica va acompañada de cierta impotencia esporádica, a veces ni las fantasías con Aurora me provocan nada.

Hacia el final de su vida, papá cultivó cuidadosamente su aversión al dentista. El sarro se convirtió en piorrea y la halitosis resultante de la dentadura podrida llegó a ser la mejor prueba de su fidelidad. Ninguna otra mujer sería capaz de acercársele, pensaba mi madre. El mal aliento de Tite le tranquilizó los celos, finalmente. Aquello fue un comentario irónico de mi padre. Gustaba, sin que mediara motivo alguno, sonreírle ampliamente, mostrarle de carrillo a carrillo su dentadura miserable.

Carlos y Frank fueron polos opuestos que coincidieron en una equivocación suprema: el exceso a destiempo. A la larga el perro te busca, te encuentra y te muerde, ¿verdad, Manolo? Carlos quiso vacilar cuando ya no soportaba heridas, Frank continuó jodiendo cuando ya tenía demasiadas.

Algunos días me levanto malo. Medito sobre mi pendejez y pienso que desearía morirme, porque vivir sería confirmar el conocimiento de lo pendejo que he sido. Pero estos pensamientos los descarto rápidamente. Pertenecen, ya se sabe, a mi pendejez, al extraño ese que un día descubrí en el espejo, y que me causó repugnancia; pero debo aclarar: me causaba una repugnancia benigna.

Voy encontrando, de hecho, algún sosiego; hasta es posible que esté en el umbral de la felicidad.

Es que me los voy sacando de encima, es decir, a mi padre y a mi madre, a Carlos y a Frank, sí, voy siendo un simulacro de hombre libre. No he sido culpable de nada. Las cosas han ocurrido así porque hay cierta necesidad ahí, ajena a mí, que sigue mirándome como una vez me miró el Minotauro. Vislumbro la salida, al fin. ¿Cómo nos perdemos en el bosque? Nos extraviamos porque siempre somos dos los caminantes. Hay que escuchar al otro, adivinar sus pisadas ahí en el rastrojo. Él sabe cómo salir.

Todos nos despertamos. Madonna llegó a las seis de la mañana, estaba de muy mal humor, supongo que a causa de la escasez de clientes marginales. Subió el volumen del tocadiscos al máximo. Sabíamos a quién estaba provocando. Richard se levantó, se vistió y fue a protestarle. Entonces Madonna, con un vocabulario de tecata chancletera de Lloréns, le sacó en cara sus escarceos, gritos y escándalos amatorios.

La otra noche invité a Aurora a cenar. Estuve indeciso entre prepararle un arroz integral con vegetales, un tabulé con menta o una ensalada de couscous. Preparé los tres platos, fue una cena macrobiótica y redundante, admitido, pero, en fin, ¡qué le vamos a hacer! Los tres platos me los enseñó a preparar una de mis novias serendipity chica wow cool prefiero el pasto al perico. La Aurora quedó impresionadísima, hasta me dijo que jamás había pensado que yo tenía aquella faceta. ¿Qué faceta!, le contesté muy a la defensiva, hasta mirándola con cierta hostilidad, no fuera a pensar que soy pato, ¡fo!... ¡Otra faceta!

Aquella noche soñé que llevaba a Aurora al Holiday Inn de Isla Verde, aquí al este de Punta Grande e Isla Negra; bailamos las canciones románticas de nuestra Madonna, después llegamos al motel videos triple XXX con espejos en el plafón viviéndonos mi flamante Malibú 71, como el que tuve después de negociar el Starfire por la maldita fisga para cazar tiburones de Tony Puma.

Pero también existía aquel otro lado, ¡la otra faceta!, tan jodida... Nunca fui bueno, diestro de verdad, con las mujeres. En mí jamás existió el depredador. En los bailes de marquesina siempre sacaba a bailar a la más fea, o la negra gorda con catinga feroz que todo el mundo, ¡gente normal!, ignoraba. Tenía aquella jodida compulsión por hacer el bien, por ser compasivo. Las Nadja, las solitarias y feas, los casos terminales que nadie saca al jodido baile de la vida, siempre me han perseguido, han sido la carne preferida de mi cañón. De ellas recuerdo, allá en el baile, ese sudor pegajoso en las mejillas, las perlitas de sudor que se les alojaban en el bozo y las lanillas bajo las sienes, aquella pelusilla suave, y vagamente repugnante, como el aroma de alguna comida de comedor escolar. Cuando busco mujeres siempre incursiono en territorio enemigo, o soy el buen samaritano, una pizca del sabio Schweitzer con tres palos de pietismos a lo Madre Teresa de Calcuta. De hecho, una de mis mujeres fancy, la del orgasmo iniciático en el Crillon de París, se parece, aunque con veinte años menos, a la Teresa de los calcutos.

Eso quizás tenga que ver con mi sentimiento universal de culpa. Fuimos niños casi abortados —esto me lo aseguró el alacrán– y que muy pronto contrajimos asma. Me sentía de más en el mundo. Un poco la única manera de congraciarme con el planeta sería abrazarlo en toda su gratuidad, asumiendo algunas de sus más visibles injusticias. Hay mujeres feas, negras y gordas. Allá voy yo a cortejarlas, como ir al Congo belga a curar leprosos.

Me estoy vistiendo para sacar a Aurora, voy a salir con ella, sí señor, la he invitado al Holiday Inn de Isla Verde. Es el hotel más cafre del litoral; está decorado con suficiente plástico, brillo, enormes lámparas de lágrimas colgantes, como para imprimir la idea de lujo en la mentalidad de un camionero de Hoboken, New Jersey. Su bar es particularmente cafretón: justo al lado de la estantería con los licores hay un puesto para la venta de café, chocolate, Donkin Donuts y Hawaian Punch; todo huele a turismo económico. Una borrachera en ese maldito bar implica el riesgo de tropezar con una familia de Middle America en plan de desayuno tardío. Detesto ese bar. Es como beber en una cafetería del Salvation Army. Las alfombras color violeta del recibidor y el bar, de la cafetería y el casino, se tragan la vista con especial crueldad, animan ese ambiente propicio para turistas octogenarios que padecen cáncer terminal. Nuestra Madonna canta al lado del casino, en el salón Coco Loco.

Mi jerga dominguera consiste en una chaqueta sport en seda cruda, color crema, con variaciones cromáticas naturales en el tejido; según los fabricantes, estas manchas son la mejor prueba de su calidad; a mí me lucen como el daño de un gato que se hubiese meado encima de la maldita chaqueta. Me he puesto la corbata dominguera favorita de mi padre: es todo un alardoso paisaje floreado; entre las anchas pavonas tropicales se vislumbra, al fondo, el sol que riela sobre las olas de la medianoche. A mi padre le encantaban estas corbatas anchas de la época Truman. (También aseguro que la alegría de esta corbata es una verdad a medias.) Sin duda, era imprescindible que usara los cordobanes a dos tonos, tipo Oxford. Me había transformado en un señor de los años cincuenta. Pero entonces presiento, casi inmediatamente, que las mangas me quedarán largas, o lucirán largas, como le lucen a un niño el día de su primera comunión. No importa: a don Jaime Benítez siempre le quedaron largas las mangas. Sentí que esta jerga debí vestirla ya hacía mucho tiempo, ocasión que di por celebrada y que, en realidad, nunca ocurrió. Tampoco recuerdo haber ido a mi «senior prom», al baile de graduandos de escuela superior.

Aurora también se disfrazó. La novia de Pat Boone lucía fabulosa. Cuando la fui a buscar tocándole dos veces la bocina, en el Starfire rojo y destartalado que le cambié a Tony Puma por una fisga para cazar el gran tiburón blanco, tenía puesto aquel perfectísimo traje de tarde en seda, muy escotado, color crema beige y con bordados de grandes flores —simulaban rosas— en tonos más oscuros. Diría, con mucha rabia, al no poder describirlo con precisión, como se merecen estas memorias, que era un traje indeciso entre el amarillo que cultivó en algún baúl y el crema visualizado por la costurera, sí, porque era la típica confección boricua para bodas, de aquí o de Prospect Avenue, entre los años cuarenta y cincuenta.

Calzaba zapatos blancos con tacones altísimos, eso sí, y vívete la falda tubo que le tornea a la perfección su hermoso trasero, ajustándole esa cinturita que todavía a los cuarenta y pico es de una brevedad a lo María Victoria. Los aeróbicos la mantienen «apetecible», como diría algún intelectual dominicano, o el mismísimo don Jaime Benítez.

Iba al bailongo, sí señor, con mi fancy lady; su traje escotado —pero con doblez plegado sobre las hombreras y los pechos, la alcancía de las tetas puesta a la venta— apenas insinuaba lubricidad, sino otra emoción, ¡aquel achulamiento!

Tenía el cabello peinado hacia atrás, repelado y con crencha, palabra esta última que le oí mucho a mi madre... La crencha remata en moño, y el maquillaje es fuerte, de tonos pesados; éste ha sido aplicado con la parsimonia cuarentona de una divorciada de la avenida Campo Rico que lee el porno chic cafre de *Cosmopolitan*. Los labios están pintados de rojo profundo, carmesí, y hay una fuerte insinuación de *rouge* en los pómulos, anticipo del sonrojo en que nos pasamos buena parte de la noche, antes de que los tragos tuvieran su efecto, por supuesto. Acentúa su atuendo con gafas oscuras tipo Lolita y guantes blancos; con este último detalle Aurora ha querido destacar, supongo, que vamos encaminados a los coctelitos de las seis. Y hasta aquí los detalles seductores de mi mujer fancy, mi hembra del arte, la ensoñada antigua novia puertorra de Pat Griffin all white Boone.

Estuvimos en el Holiday Inn buena parte del lento atardecer. Recuerdo bastante bien esa tarde. Jugamos a máquinas tragamonedas en el casino. Después nos trepamos al bar cercano a la batidora de refresco Hawaian Punch y el escaparate repleto de Donkin Donuts. Ya por la noche, pues recuerdo menos. Recuerdo haber escuchado a la Madonna de nuestro hospitalillo cantar sus boleros románticos, saludarnos ante el público como gente VIP, la bailarina ex novia de Pat Boone con su príncipe consorte. Eso tiene que haber sido antes de las once. Ya después vino algún blackout, porque sólo recuerdo que nos caímos bailando, y pasamos la vergüenza. Bailábamos un merengue.

Soñé —eso tiene que haber sido muy de madrugada— con el siguiente titular de *El Vocero*: «CLAVAN EN MOTEL A LA NOVIA DE ELVIS PRESLEY». Alguien gemía a mi lado. Me desperté sudoroso, desencajado; hiperventilaba, apenas sin poder respirar.

Desesperado, al no encontrar tirada la camisa, corrí al baño y rebusqué en el cesto de la ropa sucia. La tenía puesta. Recordé que apenas me había desvestido. No había nada. Pero por un momento lo vi, por un instante me reconocí en aquel rostro asesino, hasta alcancé a verlo cuando se quitaba la careta, más bien cuando ésta se le deslizaba, porque fue una secuencia extremadamente fugaz. Fue abrir los ojos y sentir que algo, o alguien, se ocultaba.

Pero ya no le hice caso; a nada de esto le hice caso.

LITERATURA MONDADORI